Schmutztitel

Leere Seite

BOLLE!!!

Frauen oder Glück?

Autor: Klaus-Peter Sperling

Impressum

Bibliografische Information der Deutschen Nationalbibliothek: Die Deutsche Nationalbibliothek verzeichnet diese Publikation in der Deutschen Nationalbibliografie; detaillierte bibliografische Daten sind im Internet über dnb.dnb.de abrufbar

Herstellung und Verlag:

BoD - Books on Demand, Norderstedt

ISBN: 978-3-7597-5329-8

Leere Seite

Leere Seite

Der schöne Tag neigte sich langsam dem Ende zu. Es war ein typischer Arbeitstag, den Thomas hinter sich gebracht hatte.

Ab jetzt sollte sich alles in seinem Leben verändern.

Er arbeitete in einer Projektgruppe eines großen deutschen Automobilherstellers.

Täglich ging es seit 41 Jahren in seinem Job darum immer besser zu werden. Die Mitarbeiter sollten gemeinsam Fahrzeugkomponenten entwickeln die weltweit bestaunt werden.

Er musste von heute an noch genau 365 Tage arbeiten, bevor er in den wohlverdienten Ruhestand gehen könnte.

„Ade, Jungs bis morgen!" „Thomas denkst du bitte daran, dass wir morgen nur zu dritt sind. Hilmar und Jochen sind für 2 Tage zu einem Lehrgang für die neuen Beleuchtungsanlagen."

„Ja, ich denke dran!"

Wie immer war er mit seinem E-Bike unterwegs, da er nur sechs Kilometer Wegstrecke zu Arbeitsstelle hatte.

Seit der Pandemie vor 4 Jahren hatten alle Projektmitarbeiter die Möglichkeit erhalten im Homeoffice zu arbeiten. Eine Studie über die Produktivität der vergangenen zwei Jahre hatte allerdings zu Tage gebracht, dass die Produktivität und das soziale Engagement der Mitarbeiter stark gelitten hatten.

Um die Rückkehr aus dem Homeoffice in die Bürogebäude schmackhaft zu machen, gab es Angebote vom Arbeitgeber für die Arbeitnehmer.

Thomas konnte sich selbst entscheiden, ob er ein E-Bike, eine BahnCard oder einen Firmenwagen in Anspruch nehmen wollte. Er wählte das E-Bike.

Die Sonne senkte sich langsam hinter die sanften Hügel rund um das Tal der jungen Donau. Thomas radelte hinab zu seinem neuen Haus.

Erst vor drei Jahren war Thomas mit seiner Frau Isabell von Stuttgart hierher nach Immendingen gezogen.

Für Isabell war es eine schwere Entscheidung diesen Umzug mit ihrem Thomas aus der Großstadt Stuttgart in das eher ländliche Immendingen mitzumachen.

Heute hatte er sich beeilt, um früh zuhause zu sein. Mit Isabell wollte er gemeinsam zu einem Wohnmobilhändler fahren, um sich gemeinsam den Traum zu erfüllen, spätestens in 365 Tage frei reisen zu können.

Isabell und Thomas hatten schon seit Wochen sehr kontrovers über den Kauf eines Wohnmobils diskutiert.

„Hallo Isabell!" Er war schon voller Vorfreude, als er das gemeinsame Haus betrat.

„Hey Tommy, ich bin noch im Bad. Kommst du kurz hoch?"

Isabell saß auf dem Rand der Badewanne. „Was ist los mein Schatz? Wir wollten doch jetzt gleich losfahren?"

Isabell sah traurig aus. „Thomas, wir müssen reden!"

„Wieso, was ist mit dir?"

„Thomas, ich will ehrlich sein! Du weißt, dass wir vor drei Jahren in Stuttgart schon ein schweres Gespräch hatten!"

Er sah völlig irritiert drein. Er wusste nicht, wie ihm gerade geschah. Isabell sprach langsam und besonnen weiter.

„Vor vier Jahren, als du 58 warst, hast du das Angebot deiner Firma bekommen für die letzten 5 Jahren in Immendingen im neuen Testzentrum zu arbeiten!"

Isabell holte tief Luft: „Ich hatte damals schon zu dir gesagt, dass ich nicht gerne aus Stuttgart fortgehe. Das Angebot deiner Firma, dadurch 4 Jahre früher in Ruhestand zu gehen, war ein großartiges Angebot. Ich habe mich von dir überzeugen lassen, da wir so beide gleichzeitig in Ruhestand gehen können."

„Aber mein soziales Umfeld ist komplett zerbrochen. Ich habe meinen Job gekündigt! Zwar habe ich hier einen schönen Posten als Frühstücksprofessorin erhalten und kann Reklamationen bearbeiten, aber der Posten füllt mich keineswegs aus."

Thomas verstand im Moment die Welt nicht mehr. Er hatte gedacht, dass alles in Ordnung sei. Ein schönes neues Haus. Eine Umgebung mit hohem Freizeitwert. Der Bodensee als ständig präsentes Ausflugsziel und viele andere Gelegenheiten zur Freizeitgestaltung.

„Thomas, du wirkst so überrascht? Kannst du dir nicht vorstellen, wie ich mich fühle?"

„Hmmmh, sooo richtig nicht!"

„Ein Kapitel mehr in der Rubrik Empathielosigkeit von dir. Du erklärst mir vor einigen Wochen, dass du ein Wohnmobil für den Ruhestand bestellen möchtest, um damit zu reisen. Ich habe dir schon damals gesagt, dass ich das nicht möchte. Wir hatten immer besprochen, dass wir später viel reisen wollen. Allerdings auf Kreuzfahrten und im Flugzeug!“

Er war es nicht gewohnt privat zu diskutieren und konnte auch jetzt keine Stellung zu Isabells Worten beziehen. Er hatte doch schließlich immer alles für die Familie getan. Und jetzt soll sein Gedanke über die Anschaffung eines Wohnmobils alles ins Wanken bringen?

„Isabell, ich verstehe dich gerade nicht. Was willst du mir damit sagen?“

„Ganz einfach Thomas! Ich erkenne bei dir in letzter Zeit nur noch Belohnungen für dich.

Ich allerdings, bin nur noch da!

Seit vielen Jahren argumentiere ich mit meinen Wünschen vom Leben im Ruhestand. Du hörst sie dir zwar an, aber letzten Endes redest du dann nicht mehr mit mir darüber, sondern bringst immer wieder deine Wünsche in den Vordergrund!“

Er schüttelte ungläubig den Kopf und schlug die Hände vor sein Gesicht. Was mag noch auf ihn zukommen?

„Heißt das, dass wir uns heute nicht mehr das Wohnmobil anschauen?“

„Thomas! Ich glaube du hast die Tragweite deines Handelns immer noch nicht begriffen!"

Er zog beide Schultern hoch.

„Alle Reaktionen, die ich gerade an dir erkenne, bestärken mich in meiner Entscheidung. Es ist immer das gleiche Verhalten, das du an den Tag legst! Ich habe mich dazu entschlossen, mich von dir sofort zu trennen und wieder nach Stuttgart zurückzukehren!"

„Du willst mich verlassen? Was willst du denn ohne mich machen?"

Er schaute immer noch so, als ob er die Worte von Isabell nicht verstehen könnte.

„Diesen Gedanken von dir ausgesprochen zu hören, zeigt mir genau jetzt, dass es die richtige Entscheidung von mir ist. Du traust mir nicht zu, ohne dich leben zu können. Es scheint eher umgekehrt ein Schuh daraus zu werden!"

Die Augen von Thomas verfärbten sich langsam. Mehr aus Wut als aus Traurigkeit.

„Und noch etwas, Thomas! In meiner Traurigkeit und inneren Verletztheit, habe ich mir auch Unterstützung geholt. Max, unser früherer Nachbar hat sich um mich bemüht, als ich zuletzt meine Freundin Marie in Stuttgart besucht habe.

Du wolltest nicht mit mir fahren, weil du lieber mit deinen Kollegen zum Fliegenfischen gehen wolltest!"

„Du willst mir jetzt aber nicht beichten, dass du etwas mit Max angefangen hast?!"

„Nein, ich habe nichts mit Max gehabt. Er war nur der Mann, der mir zugehört hat, an den ich mich anlehnen konnte und der meine Wünsche erkannt hat!"

Thomas runzelte die Stirn.

„Behauptest du, dass ich deine Wünsche nicht erkannt habe? Ich hatte das Gefühl, wir haben immer alles gemeinsam entschieden?"

„Das siehst du vollkommen falsch, Thomas. Überlege doch mal! Nichts, nichts, rein gar nichts haben wir in den letzten 5 Jahren gemeinsam entschieden. Im Gegenteil! Dir ging es doch nur darum deine berufliche Zeit schnell zu Ende zu bekommen. Wir hätten genauso gut in Stuttgart wohnen bleiben können und du hättest etwas länger gearbeitet. Stattdessen warst du damit beschäftigt mich in Immendingen beruflich unterzubringen. Du hattest dich schon final entschieden!"

„Ich finde es nicht in Ordnung, dass du nie versucht hast mit mir über dein Empfinden zu sprechen, Isabell!"

„Was sagst du da? Das ist nicht deine ernsthafte Meinung! Wenn doch, dann ist es wieder die Form deiner Wahrnehmung von unserem Leben!"

Isabell stand vom Beckenrand der Badewanne auf und griff ihre Kulturtasche. Langsam füllte sie die Kulturtasche mit ihren Kosmetika und Hygieneprodukten.

Sie schaute mehrmals kurz in den Spiegel.

„Was machst du da?"

„Ich packe das nötigste und fahre mit dem Auto nach Stuttgart zu meiner Freundin Marie!"

„Das kannst du jetzt nicht machen!"

„Doch Thomas, ich kann und ich werde es tun. Ich werde mir einen Anwalt suchen und alles Nötige zur Trennung zwischen uns beiden einleiten!"

„Einen Anwalt willst du dir nehmen? Glaubst du nicht daran, dass wir die ganze Situation in Ruhe klären können?"

„Nein, Thomas! Genau wie du mich immer mit deinen Worten und Taten enttäuscht hast, so wirst du es auch in der Trennungsphase tun. Ich unterstelle dir nicht das du lügst. Du handelst in deiner Wahrnehmung nur immer zu deinen Gunsten! Ich muss ab jetzt auf mich schauen!"

Er ging hinunter in die Küche. Der Termin beim Wohnmobil Händler!

Er nahm sein Handy und sagte den heutigen Termin ab.

Im gleichen Moment verließ Isabell ohne weitere Worte das gemeinsame Haus in Immendingen.

Er vernahm nur noch das Klacken des Türschlosses.

Thomas verbrachte die nächsten Wochen allein mit sich und seiner Tätigkeit als Projektleiter. Er nahm Termine beim Betriebssport wahr. Seine Gedanken kreisten immer wieder um die Anschaffung eines Wohnmobils. Abends saßen er und einige Kollegen in der Schankwirtschaft an der Donau und erzählten über ihre Wünsche, wenn sie einmal im Ruhestand sind.

Mit Isabell hatte er seitdem sie fortgegangen war, nicht mehr gesprochen

Einige Zeit später erreichte ihn ein Brief einer Stuttgarter Anwältin. Im Anschreiben wurde klar, dass es sich um die Einreichung der Scheidung handelte. Auf mehreren Seiten waren die Ansprüche von Isabell an Thomas aufgeführt. Es waren insgesamt 12 Seiten in denen es um Unterhaltsausgleich, Rentenausgleich und Teilung des gemeinsamen Besitzes ging.

Außerdem hatte die Anwältin eine Einstweilige Verfügung erwirkt, dass der Kontakt zwischen beiden Parteien in Zukunft nur über den anwaltlichen Weg führen darf.

Jetzt war der letzte Funken Hoffnung in Thomas verschwunden, dass es noch einmal zu einer Annäherung zwischen ihm und Isabell kommen könnte.

Er nahm sich ebenfalls einen Anwalt, der seine Interessen vertrat. Die Zeit bis zum Scheidungstermin war für ihn ein Weg zur Neuorientierung. Sein Wunsch nach Reisen im Wohnmobil war ungebrochen.

Das Trennungsjahr verging wie im Flug. Sowohl beruflich als auch privat war Thomas gut beschäftigt.

Der Scheidungstermin rückte näher und Thomas war gespannt darauf Isabell im Amtsgericht wiederzusehen. Doch dazu kam es nicht. Isabell hatte sich von der Pflicht zum Scheidungstermin aus psychischen Gründen entbinden lassen und war zuvor von der Richterin zur Sache befragt worden.

Sicher war einer der Gründe, dass Thomas über seinen Anwalt mitteilen ließ, mit allen Forderungen die Isabells Anwältin gestellt hatte, einverstanden zu sein. So war der Termin im Amtsgericht sehr schnell erledigt und die Scheidung nach vier Wochen rechtskräftig.

Er fuhr zurück in sein Haus nach Immendingen. Durch die Aufteilung im Scheidungsverfahren musste Thomas die Hälfte des Wertes der Immobilie an Isabell überweisen. Dies sollte in einer Frist von 120 Tagen nach der rechtskräftigen Scheidung erfolgen.

Kaum hatte Thomas es sich ein paar Tage im Haus gemütlich gemacht, traf neue Post für ihn ein. Diesmal betraf der Inhalt des Briefes seinen vorzeitigen Ruhestand.

Der Absender des Briefes war sein Arbeitgeber.

Er öffnete den Brief vorsichtig. Er las den Inhalt und versank in die Kissen seines Sofas.

Der Brief hatte folgenden Inhalt:

Sehr geehrter Herr Thomas Lafzik,

Wir teilen Ihnen hiermit das Datum Ihres Ausscheidens aus unserem Unternehmen mit. Die neuerlichen Maßnahmen und die dazugehörige Umstrukturierung des Unternehmens haben dazu geführt, dass wir sie ab dem 30 Kalendertag des laufenden Monats von allen Aufgaben in unserem Unternehmen entbinden. Davon ist die vor vier Jahren getroffene Vereinbarung zwischen Ihnen und unserem Unternehmen nicht betroffen. Bis zum offiziellen Rentenbeginn sind sie daher von allen Aufgaben ab sofort freigestellt. Das in Ihrem Besitz befindlichen Firmeneigentum bitten wir sie bis zum Monatsende im Personalbüro abzugeben.

Wir bitten sie weiterhin, die durch uns vergünstigt erworbene Immobilie innerhalb von 6 Monaten an uns zu veräußern. Diese Regelung entnehmen sie dem Eintrag im Kaufvertrag vom xx.xx. xxxx

Luft holen konnte man das aktuelle Luft schnappen nicht nennen. Ihm schnürte es die Kehle zu. Er fühlte sich von seinem Arbeitgeber, dem er jahrelang loyal zu Seite gestanden hatte, regelrecht überfahren. Hatte er sich auch hier jahrelang blenden lassen?

Er hatte sich wahrlich einen persönlicheren Abschied vorgestellt. So, wie es bei den Mitarbeitern früher der Fall war. Zwar hatte er von ehemaligen Kollegen schon einiges über die unpersönliche Vorgehensweise der Firmenleitung gehört, aber wie vieles in seinem Leben nicht richtig wahrgenommen.

Plötzlich bemerkte er ein aufkommendes Herzrasen und es schnürte ihm die Kehle zu. Das war einfach zu viel starker Gegenwind in Richtung seiner Person.

Er wurde fahrig, konnte keinen klaren Gedanken fassen und vergrub sich für die nächsten Tage in seiner Enttäuschung. Er stellte sich die Frage: „Womit habe ich das alles verdient?“

In seinem Kopf war ab sofort Funkstille. Er war nicht in der Lage einen klaren Gedanken fassen. In der Not erinnerte er sich an einen netten Mann, den er beim Brunch am Kloster Beuron getroffen hatte. Am nächsten Sonntag sollte dort wieder nach der Messe im Kloster ein Brunch stattfinden. Vielleicht hatte Thomas das Glück diesen netten Mann wieder zu treffen.

Er fuhr mit dem E-Bike die gut 20 km. Entlang der jungen Donau führte die Radstrecke von Immendingen zum Kloster Beuron. Und tatsächlich! Vor ihm saß der nette Mann in den Bänken der Klosterkirche.

Thomas konnte sich während des Gottesdienstes entspannen und traf den netten Herrn, dessen Namen er vergessen hatte, draußen vor der Klosterkirche.

„Guten Morgen! Entschuldigen sie bitte Herr …!“

„Ach sie sind es! Mein Name ist Pater Rolf. Ich lebe und arbeite hier im Kloster Beuron. Ich erinnere mich, dass wir uns vor einiger Zeit einmal getroffen und unterhalten haben! Wie geht es ihnen? Haben sie sich mit ihrer Frau wieder versöhnen können?"

Mit tieftraurigem Blick antwortete Thomas: „Wir sind seit ein paar Tagen geschieden!" Er erzählte Pater Rolf den Ablauf der letzten Wochen. Nicht nur über die Scheidung, sondern ebenfalls über die vorzeitige Freistellung bei seinem langjährigen Arbeitgeber.

Pater Rolf erkannte, dass sein Gesprächspartner längeren Redebedarf hatte. „Wollen wir zusammen zum Brunch gehen und wir sprechen über ihre Sorgen und Nöte?"

„Ja gerne!"

Insgeheim hatte er sich diese Reaktion von Pater Rolf erhofft.

Der Brunch war wieder vom Feinsten. Sie genossen beide die Vielfalt der aufgetischten Speisen und gönnten sich ein leckeres Bier!

Thomas erzählte von seinen Gefühlen und der neuen Lebenssituation. Seine größten Schmerzen, die er aufgrund der veränderten Lebenssituation verspürte, resultierten aus der Reaktion seiner Ex-Frau und seines Ex-Arbeitgebers.

„Ich habe momentan das Gefühl, in meinem Leben alles falsch gemacht zu haben!"

Pater Rolf lächelte: „Nein mein Freund. Sie haben bestimmt nicht alles falsch gemacht! Es gibt viele Situationen im Leben eines Menschen, die negative Gefühle auslösen.

Es müssen einfach solche Situationen entstehen, um schwierige Veränderungen im Leben zu meistern! Glauben sie nicht, dass glücklich wirkende Menschen genauso glücklich sind, wie sie es ausstrahlen."

„Aber warum kommt alles auf einmal?"

„Das lässt sich ganz leicht erklären! Sie hatten einen Lebenstraum, den sie in einer aktuell positiven Lage wahrgenommen hast. Ihre ganze Kraft haben sie diesem Traum gewidmet! Gleichzeitig haben sie alles andere sich ich herum liegen gelassen!"

Thomas schaute überrascht!

„Ich glaube sie haben Recht mit dem, was sie sagen, Pater Rolf!"

Wie einzelne Sätze eine gesamte Situation auf den Punkt bringen können, dachte Thomas.

Er und Pater Rolf sprachen noch einige Zeit miteinander und verabschiedeten sich mit einer innigen Umarmung.

Jetzt war es an der Zeit einige Veränderungen anzupacken und in die richtige Richtung zu leiten.

Thomas entschied aufgrund der Nachricht seines Arbeitgebers, sich eine neue Wohnung zu kaufen. Das Vorhaben gelang ihm in kürzester Zeit. Für einen hohen sechsstelligen Betrag konnte Thomas eine 80qm Wohnung mit Balkon und Seeblick am Bodensee erwerben.

Natürlich konnte er solch ein Schnäppchen nur mit dem nötigen Vitamin B ergattern.

Ein alter Sportsfreund war Immobilienmakler und hatte für Thomas das passende Objekt am Bodensee in der kleinen Ortschaft Sipplingen reserviert.

Der Umzug war gut organisiert und innerhalb kürzester Zeit befand sich er sich in einer ganz neuen Lebenssituation.

Mit seinem ehemaligen Arbeitgeber hatte er sich zur Güte geeinigt und noch ein schönes Abfindungspaket nach so langer Betriebszugehörigkeit vereinbaren können.

So hatte alles seinen Lauf genommen, wie es Pater Rolf vorhergesagt hatte.

Thomas war nun frei für eine neue Welt und die damit verbundenen Abenteuer.

Ein großer Caravan Händler am Bodensee war die erste Anlaufstelle für Thomas.

Er betrat die Geschäftsräume des Caravan Händlers mit einem freundlichen „Hallo zusammen!" Es erfolgte keine Reaktion der drei Mitarbeiterinnen, die auf ihre Bildschirme der Rechner starrten.

Nach wenigen Sekunden räusperte er sich noch einmal, um die Aufmerksamkeit auf seine Person zu lenken. Tatsächlich wurde sein Räuspern wahrgenommen. Eine junge Dame stand auf und kam zu ihm an den Tresen.

„Was kann ich für Sie tun?"

„Diese Frage hatte ich mir auch im Moment gestellt!"

„Ich stelle mich erst einmal kurz vor: Mein Name ist Thomas Lafzik und ich möchte gerne von ihnen beraten werden, da ich mir ein Wohnmobil kaufen möchte!"

Die junge Dame schaute ihn etwas ungläubig an.

„Haben sie gewisse Vorstellungen, welcher Typ Wohnmobil es sein soll?"

„Nein, genau deswegen bin ich zu ihnen gekommen, um mich fachlich beraten zu lassen!"

„Ich schau kurz nach, ob einer unserer Verkäufer frei ist, um ihnen die gewünschten Auskünfte zu geben." Sie ging zurück und schaute auf ihren Bildschirm. Hektisch schob sie die Maus hin und her. Sie klopfte die Maus auf die Tischplatte. Unterstützt von einem kleinen Fluch. „Mist Ding, funktioniert wieder nicht!"

Nach ein paar kurzen Versuchen die Maus wieder in Funktion zu versetzen, rief sie ihm zu: „Es ist momentan kein Verkäufer frei. Ich kann ihnen gerne einen Termin in vier Tagen anbieten!"

Thomas runzelte die Stirn und antwortete: „Ich melde mich wieder bei Ihnen!"

Dann verließ er die Geschäftsräume des größten Caravan Händlers am Bodensee. Draußen auf dem Hof traf er auf ein Ehepaar, die sich gerade ein Wohnmobil anschauten. Sie kamen locker ins Gespräch und stellten gemeinsam fest, dass der Service des Hauses schlechter war als gedacht.

„Fahren sie doch einmal zum Caravan Händler in Freiburg", sagte die nette Dame zu ihm.

„Dort sind wir sehr freundlich bedient worden und werden uns wohl dort ein Wohnmobil kaufen. Hier schauen wir nur schnell einmal durch und stellen fest, dass die Qualität der Wohnmobile nicht so gut ist, wie es beworben wird."

„Vielen Dank für den Hinweis. Ich werde mich morgen auf den Weg nach Freiburg machen."

Am nächsten Tag traf er in Freiburg beim Caravan Händler ein. Der Empfang war schon ein anderer als gestern, dachte er sich.

Auf sein freundliches „Guten Tag", reagierte der Verkäufer mit einem fröhlichen Winken und einem lauten: „Moment bitte!"

Der Verkäufer, ein netter junger Mann, hatte gerade sein Gespräch am Telefon beendet, da begrüßte er Thomas sehr freundlich.

„Hallo, mein Name ist Jens! Wie kann dir helfen?"

„Ich bin Thomas und auf der Suche nach einem geeigneten Wohnmobil für mich!"

„Hast du genaue Vorstellungen oder wollen wir uns hier in unserer Campingabteilung bei einem leckeren Kaffee hinsetzen und erst einmal einige Fragen von meiner Seite klären?"

„Gerne" sagte Thomas und war überrascht über den netten Empfang.

„Nimm bitte dort hinten an den Rattan Campingstühlen Platz. Möchtest du einen Kaffee?"

Er nickte.

„Schwarz, oder mit Milch und Zucker?"

„Etwas Milch bitte", antwortete Thomas und nahm in den gemütlichen Campingstühlen Platz.

„Meine Kollegin bringt sofort die Getränke. Wir können uns derweil schon mit den Details befassen!"

„Ja gerne" sagte Thomas.

„Ok, dann legen wir mal los!"

„Darf ich erfahren, ob du schon mit dem Umgang eines Wohnmobils vertraut bist?"

„Ja, ich habe bereits einige Leihmobile gefahren und gemeinsam mit meiner früheren Frau kleine Urlaube und Städtereisen gemacht. Jetzt, da ich in den Vorruhestand gehe, möchte ich mir einen Traum erfüllen und Europa mit dem Wohnmobil bereisen. Dazu benötige ich das richtige Wohnmobil."

„Willst du hauptsächlich Stell- und Campingplätze anfahren, oder möchtest du frei an schönen Plätzen in der Natur stehen?"

„Sowohl, als auch. Ich möchte mir alle Möglichkeiten offenlassen."

„Ok! Dann vertiefe ich das Gespräch mit dir. Hast du einen besonderen Wunsch zum Grundaufbau des Wohnmobils? Es geht mir hierbei um die Marke des Herstellers von Grundchassis."

Er überlegte kurz. „Ich würde Mercedes oder IVECO bevorzugen."

„Schaltgetriebe, Halbautomatik oder Vollautomatik?"

Und so unterhielten sich die beiden, bis das Wunschfahrzeug von Thomas komplett war.

Er hatte sehr großes Glück, dass der Wohnmobilhändler ein entsprechendes Fahrzeug vorrätig hatte und Thomas es in vier Wochen übernehmen konnte.

Nun begann die Planung der ersten großen Reise im Wohnmobil für Thomas. Er hatte sich schon in diversen Social Media Gruppen umgeschaut und nach Gleichgesinnten gesucht.

So sollte die erste Reise durch Frankreich, Spanien, Portugal und wieder Spanien führen. Er hatte sich dazu einen Zeitraum von 6 Monaten ausgewählt.

Apropos Social Media Gruppen. Eine Gruppe hatte es ihm besonders angetan. Es handelte sich um Gruppe der Alleinreisenden Ü50 Singles im Wohnmobil. Es dauerte nicht lange bis er die ersten netten Kontakte per Chat geknüpft hatte.

Es waren viele berufliche Aussteiger unter den Kontakten, die schon seit einiger Zeit im Wohnmobil reisten und lebten.

Erstaunlicherweise waren unter den Kontakten viele weibliche Personen, die diesen freien Lebensstil gewählt hatten. Aus der Menge der losen Kontakte kristallisierte sich der Kontakt zu Helena als intensivste Gesprächspartnerin heraus.

Helena erzählte Thomas, dass sie bereits vor zwei Jahren eine Tourstrecke über Frankreich, Spanien und Portugal gefahren war.

Aus Neugierde hatte sie im letzten Jahr die Überwinterung in Griechenland ausprobiert. Leider war es in der gesamten Reisezeit von Oktober bis März kühler und es regnete in der Region.

Sie erzählte ihm davon, wie sie die Einsamkeit der vielen kleinen Inseln und der Strände entlang der Peleponnes genossen hatte.

Auf Dauer würde ihr die Einsamkeit und Ruhe schwerfallen. Sie hatte immer wieder Ausschau gehalten nach geeigneten Reisebegleitern, die im eigenen Wohnmobil unterwegs waren. Doch waren es fast nur Paare, denen die Kontaktaufnahme durch sie nicht recht war.

Aus diesem Grund hat sie sich für die diesjährige Überwinterung im Wohnmobil zu einer erneuten Reise über die gesamte iberische Halbinsel entschlossen.

Sie erzählte Thomas von den vielen netten Bekanntschaften, die sie in dieser Zeit vor zwei Jahren geknüpft hatte.

Ihm war inzwischen aufgefallen, dass Helena sehr gute geographische Kenntnisse besaß.

Helena ist ein sehr bekannter Name aus der griechischen Mythologie und beschrieb schon damals eine besonders gutaussehende Frau mit einem starken Willen und Auslöserin des Trojanischen Krieges.

Das machte sie für Thomas noch interessanter und erstrebenswerter.

In den nächsten Tagen hatten Helena und Thomas regelmäßigen Chat Kontakt. Aber ein Bild von Helena hatte Thomas noch nicht gesehen. Er hatte lediglich viele Landschaftsaufnahmen und Tieraufnahmen auf ihrem Profil gefunden.

Nach drei Wochen ständigen Kontaktes vereinbarten beide, dass sie gemeinsam die Reise und Überwinterung antreten wollten.

Sie hatte einen besonderen Wunsch zur Durchführung der Reise!

Sie wollte nicht mit Thomas ständig die neuen Plätze anfahren, sondern gerne auch mal allein eine Wegstrecke zurücklegen. So hätte jeder seinen

Freiraum und man hängt nicht ständig aufeinander. Schließlich könnten sie auf diese Weise wieder neue interessante Kontakte knüpfen und diese dann gemeinsam zusammenführen.

Für Thomas war diese Art des Reisens neu. Er wollte sich gerne darauf einlassen.

Natürlich vertieften sich die fast täglichen Chats der beiden.

Helena erzählte von ihrer Selbstständigkeit als Inhaberin eines Gartenbaucenters. Ihre Liebe zur Natur und die gesamte Fauna und Flora hätten immer einen großen Teil ihres Lebens ausgemacht.

Doch irgendwann sei für sie mit Mitte 50 die Entscheidung gekommen, ins zweite Glied zu rücken und ihrer mittlerweile 28jährigen Tochter die Geschäfte und Immobilien zu überlassen. So sicherte sie ihren jetzigen Lebensabschnitt mit einer Leibrente ihrer Tochter.

Thomas wollte keine kleinere Position einnehmen und berichtete Helena ebenfalls über die Grundlagen seines Lebensunterhaltes.

Er erwähnte unter anderem die schicke Eigentumswohnung mit Balkon und Blick auf den Bodensee. Er schickte Helena Fotos von der Wohnung und der fantastischen Aussicht. Helena wollte wissen warum Thomas trotz dieser schönen

Wohnung und der gleichzeitigen Top-Lage nun im Wohnmobil überwintern möchte.

„Ganz einfach liebe Helena, es ist kein besonderes Vergnügen die Herbst- und Winterzeit am Bodensee zu verbringen. Sehr oft ist es tagelang nebelig am Bodensee. Im Winter ist durch die hohen Berge in Österreich und der Schweiz kaum die Sonne zu sehen.“

„Das kann ich mir überhaupt nicht vorstellen, Tom!“

„Tom“ hatte Helena ihn genannt. Das hatte er sich in den kühnsten Träumen nicht gedacht. Helena war doch zuerst so reserviert oder nicht geradeaus in ihrer Ansprache.

Ein Lächeln zog sich über sein Gesicht. Und der Traum einer gemeinsamen Reise, wenn auch mit kurzen Alleinreisephasen, stellte sich immer besser dar.

Sie ergänzte ihre positiven Aussagen um weitere Worte.

„Tom, wollen wir nicht nächste Woche einmal per Video chatten? Dann haben wir ein noch besseres Bild voneinander!“

Er war ein weiteres Mal positiv überrascht und sagte sofort zu.

In der verbleibenden Woche kümmerte er sich darum, die nötige Zubehörteile für sein neues Wohnmobil zu besorgen.

Er fuhr deswegen nach Stuttgart und Karlsruhe, weil dort die großen Camping Fachgeschäfte ihre beste Auswahl hatten.

Vom Stromkabel, Wasserschlauch, bis hin zum Kochgeschirr und Kaffeelöffel sammelte sich so einiges in seinem Wagen.

So ein Wohnmobil ist praktisch eine zweite Wohnung. Und genau dieser Gedanke führte zu einem weiteren Gedanken.

Helena hatte vor kurzem angemerkt das er seine Wohnung in der Zeit seiner Abwesenheit als Ferienwohnung vermieten könnte!

Mal abwarten, was sie sagt, wenn er sich dazu entscheiden würde.

Die Woche bis zum Videoanruf verging sehr schnell.

Er war gespannt darauf zum ersten Mal das Gesicht von Helena zu sehen.

Ein kurzes Rattern und ein „Pling" schallten aus den dem Lautsprecher des PC und Helena war zum ersten Mal zu sehen.

„Hmmh, sooo hübsch hätte ich mir Helena nach den Telefonaten und ihrer Art zu reden nicht vorgestellt,“ dachte Thomas leise.

„Hallo Tom! Huhu, Erde an Tom!“ Helena versuchte die Gesichtsstarre von Thomas zu lösen.

„Ja, ääh, ja ich bin hier!“ Thomas schaute immer noch etwas verwirrt.

Dunkelbraune Augen hatte sie und dunkelblonde lange Haare, die zu einem Pferdeschwanz zusammengebunden waren. Ein hübsches Lächeln und schöne Zähne strahlten Thomas entgegen.

„Wie geht es dir, Tom? Hast du die Woche gut hinter dich gebracht. Was hast du so gemacht?“

„Hallo Helena, schön dass ich dich jetzt zum ersten Mal sehe. Ich habe meine Woche gut verbracht. Ich war in verschiedenen Camping Fachgeschäften einkaufen. Das ist eine Menge, die da zusammenkommt!“

„Das kann ich mir lebhaft vorstellen. Das ist wie eine Wohnung einzurichten, nur ohne Möbel,“ sagte sie.

„Da hast du direkt das richtige Stichwort genannt! So wie du mit dem Gedanken gespielt hast, spiele ich mit dem Gedanken die Wohnung am Bodensee für die Zeit meiner Abwesenheit als Ferienwohnung zu vermieten.“

„Das finde ich einen sehr mutigen Schritt!" Sie schaute etwas fragend und fuhr fort. „Bist du dir absolut sicher, dass du es so handhaben möchtest? Ich hätte da aktuell gerade eine Idee!"

„Ja! Welche Idee ist es?"

„Die Tochter meiner Freundin studiert ab Oktober in Konstanz und sucht vergebens eine Unterkunft in einer WG oder eine eigene Wohnung zur Miete. Sie könnte doch bei dir einziehen!"

Er ließ sich den Gedanken einen Moment durch den Kopf gehen.

„Ja, das wäre eine machbare Idee. Bloß, was ist, wenn ich von meiner Reise wieder zurückkomme? Sie studiert doch sicherlich mehr als zwei Semester."

„Ach Tom, dass wird sich sicherlich schon ergeben. Es hätte nur Vorteile für dich. Du kennst mich, du kennst später Saskia und es findet sich bestimmt eine Lösung!"

So recht ging er mit diesem Gedanken noch nicht konform. Aber er wollte es sich nicht mit ihr verscherzen. Im Gegenteil, es wäre sogar eine Möglichkeit nach der gemeinsamen Reise weiter miteinander verbunden zu bleiben.

„Du hast Recht! Ich sollte nicht alles immer so perfektionieren wollen, wie ich es aus meinem früheren Leben gewohnt bin. Gib deiner Freundin meine Telefonnummer und wir können die wichtigen Details vorab besprechen!"

„Ich möchte dir einen Vorschlag machen. Ich komme mit meiner Freundin kurz vor unserer Abfahrt zu dir und dann können wir alles in Ruhe besprechen. Du kannst dann auch schon die Schlüssel übergegeben und brauchst dich um nichts mehr kümmern! Ist das nicht ein toller Gedanke?"

Wieder zögerte er kurz, um sich dann aber schnell entschlussfreudig zu zeigen.

„Ja, du hast auch in diesem Punkt wieder die beste Idee, liebe Helena!"

„Wann hast du dir denn vorgestellt aufzubrechen?"

„Ach Tom, das ist mir ziemlich gleich. Ich richte mich da gerne nach dir!"

„Sagen wir, so in vier Wochen. Bis dahin habe ich das neue Wohnmobil und noch eine gute Woche Zeit, um es zu bestücken und einzurichten!"

„So machen wir es. Ich werde heute noch mit meiner Freundin telefonieren und ihr die schöne Nachricht übermitteln."

Beide lächelten sich an. Ein Moment der Stille ergab sich daraus. Helena runzelte die Stirn und fragte ihn: „Ist irgendetwas mit dir, Tom?"

„Mit mir? Nein nichts! Es sind nur so viele kleine Veränderungen, dass ich kaum mitkomme," sagte er lächelnd.

Helena hingegen wurde kurzzeitig etwas ernster im Gesichtsausdruck. „Hast du alles so vorbereitet, dass für den Fall, dass dir etwas zustößt alle privaten Unterlagen Kennwörter und Passwörter bereit liegen? Schließlich bist du komplett auf dich allein gestellt. Ich zum Beispiel habe alles bei meiner Tochter hinterlegt."

Verrückt dachte Thomas. An solch eine Möglichkeit hatte er keinen Gedanken verschwendet. Recht hat sie. „Puh, dann muss ich das aber noch alles schnell erledigen!"

„Kein Problem, Tom. Du kannst gerne auch alles bei meiner Tochter hinterlegen."

„Aber ich sehe deine Tochter vor unserer Abfahrt nicht."

„Das ist ebenfalls kein Problem. Wenn ich mit meiner Freundin bei dir war, kann sie die Unterlagen zu meiner Tochter mitnehmen!"

„Wahnsinn! Du hast schon wieder direkt eine Lösung parat. Jedes Mal sind deine Vorschläge sehr gut!"

„Lieber Tom, ich war jahrelang selbstständig und als alleinerziehende Mutter auf mich gestellt. Da mussten Lösungen schnell her!"

Er nickte zufrieden.

„Am besten ist es Tom, du besorgst dir eine Vorsorgevollmacht, verbunden mit einer Generalvollmacht. Du füllst diese Unterlagen mit deinen persönlichen Daten einfach aus."

„Ja genauso werde ich es machen und die Unterlagen in einem verschlossenen Umschlag deiner Freundin mitgegeben."

Helena und Thomas warfen sich noch ein paar vertraute Blicke zu und verabredeten sich erneut zum Videochat nächste Woche.

Er war nach dem Videoanruf noch ganz fasziniert vom Anblick Helena´s.

Es fühlte sich alles erstaunlich vertraut an. So wie sie miteinander umgingen und immer wieder Lösungen fanden, die sich richtig anfühlten.

Musste er nicht langsam misstrauisch werden aufgrund dieser herzlichen Gemeinsamkeiten in aller Fülle?

Er entschied sich dazu noch einmal mit Pater Rolf zu sprechen. Er wollte sich die Erlaubnis von ganz oben holen und sein Handeln unterstreichen lassen.

In einem halbstündigen Telefonat erzählte Thomas von Helena`s gesamten Ideen. Von ihren Reiseplänen und dem ganzen Drumherum, wie zum Beispiel die Vermietung seiner Wohnung und seiner Übergabe einer Vorsorge – und Generalvollmacht.

Pater Rolf sah in alledem kein Problem.

Im Gegenteil, er begrüßte sogar die Fähigkeiten von Helena. Wenn es auch in der Kürze der Zeit etwas ungewöhnlich anmutete, unterstützte Pater Rolf die Gedanken von Helena.

„Ich glaube es ist gut so für dich Thomas! Man sollte immer in der Lage sein, Hilfe anzunehmen, anstatt sie immer wieder selbst anzubieten.“

Im nächsten Videoanruf unterhielten sich Helena und Thomas über die Ausstattung des neuen Wohnmobils und die ganzen Zubehörartikel. Irre was man so braucht.

Jetzt waren es noch 14 Tage bis zur Abreise. Sie musste ihrer Tochter im Geschäft helfen, da zwei Mitarbeiter erkrankt waren.

Er hingegen war mit schöneren Dingen beschäftigt. Denn! Er konnte sein neues Wohnmobil abholen.

Seine Augen glänzten, als er im Verkaufsraum des Wohnmobilhändlers stand, sein neues Wohnmobil sah und endlich die Schlüssel in Empfang nehmen durfte.

Ein schönes großes graues Wohnmobil mit Alkoven und 4x4 Antrieb hatte er sich ausgesucht. Es wirkte sehr passend zu ihm.

Sportlich, modern, vielseitig einsetzbar und mit einer Eleganz die sofort ins Auge fiel.

Nur einen Namen für sein neues Wohnmobil hatte er noch nicht. Er hoffte, dass ihn der der Zufall begleitet und er irgendwo den Namen findet.

Thomas fuhr die ersten hundert Kilometer sehr vorsichtig und suchte sich einen Stellplatz am Bodensee. Er wollte viele Funktionen testen. Er wollte fühlen, wie es ist im eigenen Wohnmobil zu übernachten.

Tatsächlich fand er ein schönes Plätzchen auf der Höri. Hier war kurz vor Saisonende nicht mehr so viel los. Vielleicht wird der Stellplatz in Iznang nochmal zu Zeiten der Herbstferien voller.

Herrlich war es hier am See zu stehen und dem Herbstwind zu lauschen. Die letzten Blätter an den Pappeln rund um den Stellplatz rauschten im Wind.

Gegenüber vom Eingang zum Stellplatz bot ein Bauer sein Gemüse zum Verkauf an.

Die besondere Spezialität der Gemüsesorten auf der Höri sind Zwiebeln und Salate. Das Klima ist nahezu perfekt. Die ersten Kürbisse wurden ebenfalls angeboten.

Er besorgte sich einiges am Gemüsestand und ging dann zurück zu seinem neuen Wohnmobil. Unterwegs war ihm ein Name aufgefallen, der sicherlich zwei Bedeutungen hatte.

Er hatte auf einem Plakat den Hinweis zum Bollefest (Zwiebelfest) am nächsten Wochenende gelesen.

„Bolle", das wäre der richtige Name für sein Wohnmobil. Er erinnerte sich an seine Jugendzeit im Zeltlager, als seine Freunde und er viele Lieder aus der Deutschen Mundorgel gesungen haben. Darunter waren auch die schönen Strophen zum Volkslied „Aber dennoch hat sich Bolle, ganz köstlich amüsiert!"

Schnell viel ihm auch ein Logo ein, dass den Namen Bolle auf seinem Wohnmobil kennzeichnen sollte.

Er hatte noch sehr guten Kontakt zu einem Ex-Kollegen, der Grafiker ist. Er rief ihn noch am selben Abend an und verabredete sich übermorgen mit ihm auf ein Glas Wein am Bodenseestrand in der Strandbar „Seeliebe."

Spannend war die erste Nacht im Wohnmobil. Es knackte hier und knackte dort. Der Wind sorgte dafür, dass „Bolle" leicht im Wind schaukelte.

Er war so nervös, dass er vergessen hatte, die Hubstützen auszufahren und Bolle einen festen Stand zu geben. Nächstes Mal, dachte er und lächelte! Lust aufzustehen hatte er nun nicht mehr.

Die schon spät aufgehende Sonne strahlte durch die Ritzen seiner Rollos. Was? Er schaute ungläubig auf seine Uhr. Es war bereits 8.30 Uhr. So lange hatte er schon seit Monaten nicht mehr geschlafen!

Sein nächster Gedanke war: Ein leckerer Morgenkaffee, draußen vor „Bolle"!

Er hatte sich zwar eine neue Kaffeemaschine für Bolle gegönnt, doch stand diese noch gut verpackt im Keller seiner Wohnung.

Es blieb ihm also nichts anderes übrig sich zu waschen, anzuziehen und ein paar Schritte zum Hafen von Iznang zu gehen.

Glück gehabt, dachte Thomas. Das Café am Hafen hatte schon geöffnet und er gönnte sich ein kleines Frühstück mit einem Pott Kaffee und einer Butterbrezel.

So ließ es sich doch wunderbar leben. Herz, was willst du mehr. Ihm ging kurzzeitig die bevorstehende Reise gemeinsam mit Helena durch den Kopf. War es ein guter Entschluss mit Helena zu reisen und ihr gleichzeitig so sehr sein Herz zu öffnen! Wäre es nicht doch besser zuerst einmal allein zu reisen?

Nonsens, den Gedanken werde ich nicht weiterverfolgen. Schließlich reisen sie beide in ihrem eigenen Wohnmobil und hatten auf „Bitte" von Helena auch zwischendurch Auszeiten der gemeinsamen Reise vereinbart.

Er fuhr gegen Mittag zurück zu seiner Wohnung und packte, bis es dunkel wurde unter den neidischen Blicken der Nachbarschaft, sein Wohnmobil.

Insgeheim konnte er sich ein gewisses Schmunzeln nicht verkneifen. Wieso war er sich so sicher, dass seine neue Nachbarschaft neidisch schaute? Ganz einfach, er lauschte den Worten der Nachbarn, die sich von Balkon zu Balkon über sein neues Wohnmobil unterhielten.

Er bemerkte, dass die beiden Ehemänner der Pärchen auf den Balkonen gerne zu ihm gekommen wären, um sich sein Wohnmobil einmal näher anzuschauen.

Dies wurde leider von den Frauen vehement untersagt. Wer weiß, nicht dass ihre Männer noch auf dumme Gedanken kommen.

Schließlich hatten sie sofort beim Einzug bemerkt, dass Thomas Single war. Was sie als Frauen gleichzeitig nicht unübel fanden. „Endlich mal wieder Frischfleisch im Haus", hatte Thomas sie beim Einzug im Hausflur flüstern gehört.

Am nächsten Tag war er mit seinem Ex-Kollegen in der Strandbar „Seeliebe" verabredet. Übrigens ein kleiner Geheimtipp am Bodensee.

Werner, sein Ex-Kollege war mit seinem Oldtimer, ein Mercedes-Benz 220S Cabrio von 1956 vorgefahren.

Allein dieser Anblick löste bei den anderen Gästen schon ein Lächeln im Gesicht aus.

Er ging Werner ein paar Schritte entgegen und führte ihn dann zum reservierten Tisch.

„Mensch Thomas, dich habe ich ja schon lange nicht mehr gesehen. Du siehst ganz verändert aus! Und das meine ich positiv!"

„Danke für das nette Kompliment, lieber Werner!"

„Nein wirklich! Wenn ich an unsere letzte Begegnung vor einem halben zurückdenke. Da wirktest du völlig geistesabwesend und warst fahl im Gesicht!"

„Ja, das kann gut sein. Das war die Phase, in der ich in Scheidung lag und unsere Bosse auch nicht gut mit mir umgegangen sind!"

„Stimmt, Thomas! Das war nicht so großartig, was die Firmenbosse sich da geleistet haben. Nach dir sind mindestens noch zwölf andere Kollegen in deinem Alter von ihnen so behandelt worden! Du kannst doch sicherlich an Friedhelm aus der Instandhaltungsabteilung erinnern?"

„Ja sicher, Friedhelm ist ein Superkollege in all den Jahren gewesen. Egal, ob in Stuttgart oder zuletzt in Immendingen!"

„Ist? Nein Thomas, war! Friedhelm hat die Reaktion der Firmenbosse nicht verstanden und wurde sehr schnell depressiv. Er hat sein Leben leider nach wenigen Wochen selbst beendet!"

„Wie schrecklich und unmenschlich!" Thomas war außer sich. „Haben denn die Bosse nicht gewusst, dass Friedhelm allein lebte und die Arbeit sein Ein- und Alles gewesen ist?"

„Ich glaube, daran haben die Bosse nicht einen einzigen Gedanken verschwendet. Die sind doch nur mit ihren Kennzahlen und Gewinnmaximierung beschäftigt. So wie überall. Dreizehn Mitarbeiter freistellen, kündigen und dann durch KI ersetzen. Die Zeiten werden sich drastisch ändern.

Bloß mit der Konsequenz, dass künstliche Intelligenz keine Steuern zahlt und kein Geld zum Leben benötigt wird. Somit wird der gesamte Kreislauf drumherum ebenfalls schrumpfen!"

„Aber lassen wir es! Trinken wir lieber ein Gläschen auf Friedhelm der uns bestimmt zuschaut."

„So lieber Thomas, du hattest mich angerufen, weil du meine Unterstützung haben möchtest. Was kann ich für dich tun?"

„Ich habe mir doch ein neues Wohnmobil gekauft und möchte, oder habe ihm bereits einen Namen gegeben. Ich nenne es „Bolle."

 Jetzt hätte ich gerne ein Logo mit dem Namen, dass ich auf meinem Wohnmobil platziere und als Aufkleber an andere Wohnmobilfahrer verschenke."

„Das ist eine gute Idee."

„Du kennst doch sicherlich noch die alten Volkslieder die wir als Kinder immer zusammen gesungen haben?"

„Cool, da lässt sich bestimmt ein geeignetes Logo zusammenstellen! Hast du denn schon eine konkrete Idee verfolgt?"

„Ja," sagte Thomas. „Ich möchte gerne, dass du die Landkarte der Welt in die Form einer Zwiebel bringst und unten den Namen Bolle in das Landkartensymbol der Antarktis einbaust!"

„Genial!" sagte Werner.

Beide saßen noch zwei Stunden zusammen, während sie erzählten, und Werner skizzierte seine Ideen auf den mitgebrachten Zeichenblock.

„So in etwa könnte es aussehen!" sagte Werner.

„Perfekt!" sagte Thomas. Seine Augen strahlten.

„Wie lange benötigst du denn für einen Entwurf, den ich dann schnell drucken lassen kann?"

„Thomas, das geht ganz schnell. Schon Übermorgen kann ich dir die Endfassung übermitteln. Oder möchtest du es direkt als Folie und Aufkleber gedruckt haben? Dann brauche ich allerdings 4-5 Tage."

„Das wäre großartig, wenn du das schaffen würdest. Denn in 10 Tagen beginnt schon meine große Reise!"

„Das bekomme ich hin, lieber Thomas. Und mich freut es, wenn etwas von mir bei dir mitfährt", lachte Werner.

Beide verabschiedeten sich mit einer herzlichen Umarmung.

Thomas beschäftigte sich in den nächsten Tagen mit der Bestückung des Wohnmobils und der Erstellung einer Vorsorge- und Generalvollmacht, für den Fall, dass ihm etwas auf der Reise zustoßen sollte.

Dazu zog er telefonisch den Anwalt zu Rate, den Helena ihm empfohlen hatte. Der Anwalt stimmte dem ganzen Vorhaben zu und erfragte wer denn der oder die Begünstigten im Ernstfall sein sollten.

Darüber musste Thomas noch einmal genau nachdenken und wollte zudem noch mit Helena darüber sprechen.

Also rief er am Abend die liebe Helena via Face Time an, nachdem er sich per WhatsApp schon angemeldet hatte, um nach einer günstigen Uhrzeit zu fragen.

„Hallo Helena, wie geht es dir? Du siehst müde aus. Es war bestimmt ein harter Tag für dich?"

„Das kannst du laut sagen! Gerade jetzt zu der Zeit, wo die Leute schon anfangen die Gräber für die kommenden Feiertage fertig zu gestalten! Was kann ich denn für dich tun, lieber Thomas?"

„Liebe Helena, ich habe nur zwei oder drei kurze Fragen zu den Vollmachten, die wir besprochen hatten."

„Ja, schieß los."

„Ich habe in der Sache den von dir empfohlenen Anwalt zu Rate gezogen. Im Gespräch kam zusätzlich der Gedanke, wer denn im Falle dessen, dass mir etwas zustößt der Begünstigte ist?"

„Stimmt, da hast du Recht. Daran habe ich gar nicht gedacht! Hast du denn noch irgendwelche Verwandte, die in der Erbfolge nach dir kommen?"

„Nein, nach mir ist der Zweig der Familie Lafzik zu Ende!"

„Hmmh, da bin ich im Moment auch überfragt," antwortete Helena.

Es entstand eine kleine Pause im Gespräch. Dann ergriff Thomas wieder das Wort.

„Ich muss es aus meiner Sicht sachlich und nüchtern betrachten. Wie wäre es, wenn ich dich in die Vorsorgevollmacht und dem damit verbundenen Testament eintrage!"

„Puh, Tom! Das kommt aber ziemlich plötzlich. Außerdem möchte ich an so etwas gar nicht denken. Wie soll ich mich jetzt verhalten? Wir kennen uns kaum und haben uns noch nicht einmal voreinander stehend in die Augen geschaut?"

„Okay, Helena! Das verstehe ich nur zu gut. Ich wollte nur einmal kurz mit dir darüber sprechen und bin auch der Meinung, dass ich die Form gemeinsam mit dem Anwalt noch einmal besprechen muss. Du hast mir allerdings sehr weitergeholfen!"

„Dann bin ich beruhigt, dass du mir keine Entscheidung abgerungen hast, Tom!"

„Ja sicher, dass verstehe ich. Kannst du mir bitte noch zwei kurze Fragen beantworten?"

„Ja gerne!"

„Ich benötige trotzdem für die Unterlagen deinen Nachnamen, dein Geburtsdatum und deine Anschrift!"

„Das Geburtsdatum ist kein Problem. Das ist der 14.11.1966. Meine Postadresse ist die meiner Freundin, da ich ja seit einiger Zeit im Wohnmobil lebe und über keinen festen Wohnsitz mehr verfüge. In meinem Fall ist meine Freundin auch meine Empfangsberechtigte für dringende postalische Angelegenheiten! Der Nachname ist der gleiche Nachname wie der meiner Freundin. Wir heißen beide zufällig Bartels mit Nachnamen. Vielleicht haben wir uns deshalb schon vor vielen Jahren als gute Freundinnen gefunden."

„Das ist ja witzig. Da sieht man mal wieder, wie klein die Welt ist! Ich habe aber noch eine kurze Frage, die wieder etwas ernsthafter ist! Für den Fall, dass es mir so schlecht geht, dass ich ohne Maschinen, künstlicher Beatmung oder künstlicher Mahlzeiten nicht mehr leben kann! Kannst du dir vorstellen als Bevollmächtigte darüber zu entscheiden, dass mein Leben vorzeitig beendet wird?"

Sie schluckte in diesem Moment. Das war ihm nicht entgangen und zeigte ihm wie gefühlvoll Helena mit der ganzen Angelegenheit umging.

„Tom, du kannst es so in deiner Vorsorgevollmacht übernehmen. Ich bin mir sicher, dass du mich als die vertrauensvolle Person siehst, die eine solche schwere Entscheidung für dich treffen kann!"

Er war erleichtert und gleichzeitig musste er an seine Ehe zurückdenken.

Seine Ex-Frau wäre nie zu einem solchen schwerwiegenden Schritt ihm gegenüber bereit gewesen.

Das machte Helena für ihn noch wertvoller.

„Liebe Helena, ich bedanke mich bei dir für die schnelle Entscheidung. Ich habe es mir im Vorhinein so gewünscht, aber nicht damit gerechnet, dass du so spontan alle Fragen beantworten würdest. Es ist ein seltsam vertrautes Gefühl, da wir uns ja nur über den Chat kennen. Ich hätte so etwas nie für möglich gehalten!"

„Gerne, lieber Tom. Bitte sei mir jetzt nicht böse, aber ich möchte nach einem langen Arbeitstag gerne noch etwas anderes sehen und hören. Wir sprechen Mitte der nächsten Woche wieder miteinander. Dann kann ich dir auch sagen, wann ich genau am nächsten Wochenende bei dir bin!"

„Na klar, liebe Helena. Mach dir noch einen schönen Abend und wir hören nächste Woche wieder voneinander."

Er hatte zufrieden, dennoch etwas verwirrt, das Gespräch mit Helena beendet. Er schüttelte sich zweimal und dachte: Kann denn alles so wahr sein, wie es ihm seit Monaten passiert?

Was haben sich für gravierende Veränderungen in seinem Leben ergeben?

Alles, aber auch alles, was sich bis heute verändert hat, das hätte sich nach seiner früheren Meinung in solch kurzer Zeit nie verändern können.

Sei es drum, es ist wie es ist. Das Leben lebt von Veränderungen. Man muss nur bereit sein diese Veränderungen zu akzeptieren und sie umzusetzen.

Frisch, fromm, fröhlich und frei verbrachte er die nächsten Tage damit, die restlichen Aufgaben zu seiner Zufriedenheit zu klären.

Eine Vorsorgevollmacht war von seinem Anwalt mit allen notwendigen Inhalten verfasst worden. Bei der Generalvollmacht stutzte der Anwalt, aufgrund der gewünschten Inhalte, die sein Mandant in dieser Generalvollmacht verankern wollte.

Er führte mit Thomas noch ein kurzes, aber ernsthaftes Gespräch darüber, dass er seinen gesamten Nachlass in dieser Form an eine ihm heute noch völlig unbekannte Person vererben wollte. Zu guter Letzt wurden die Wünsche von Thomas zu Papier gebracht.

Es war bereits der Mittwoch vor der Abreise angebrochen, als sich Helena per WhatsApp bei ihm meldete und das für Mittwochabend versprochene Videotelefonat auf Donnerstag verschoben haben wollte.

Er ging auf den Vorschlag von ihr ein und verbrachte den Mittwoch bei bestem Wetter.

Es ist schon etwas Besonderes, hier am Strand von Sipplingen am Bodensee zu sitzen. Über das Wasser zu schauen, die Spiegelung, die Segelschiffe zu beobachten, sowie die restlichen Urlauber dieses Jahres.

Das hat schon was ganz Bedeutsames. Er freute sich auf eine lange gemeinsame Reise mit Helena in andere Länder.

Dann fiel ihm plötzlich ein, dass er seinen Nachbarn darüber Bescheid geben musste, dass seine Reisebegleitung mit ihrer Freundin und Saskia kommt. Die Tochter von Helena`s Freundin wird für einige Zeit in seiner Wohnung leben, da sie in Konstanz studiert.

Er ging vom Strand hinauf zur Wohnung und begegnete freundlichen Dorfbewohnern.

Stimmt da war noch was! Er musste sich noch Bargeld besorgen. Also ging er in die kleine Sparkasse direkt am Dorfplatz und holte sich Bargeld für die ersten Tage der Reise. Alles andere wollte er mit der Kreditkarte abrechnen. Er hatte sich noch keine Gedanken darüber gemacht, wie er Vorgehen würde, wenn er Mautstraßen befahren müsste!

Zu diesem Thema musste er sich dringend heute Abend kundig machen. Zu Hause angekommen ging er an seinem PC und suchte im Internet Informationen zu Mautstrecken in Frankreich, Spanien und Portugal.

Er las alles, was für die Reise wichtig erschien. Folgerichtig erkannte er, dass er sich unterwegs an der ersten Mautstelle eine Mautbox besorgen konnte, die für diese Länder gültig ist. Wie er es aus den Texten im Internet entnehmen konnte, war dies problemlos an der französischen Grenze möglich. Nur vorbestellen musste er die Mautbox online!

Den weiteren Abend verbrachte er damit, für die Tochter der Freundin Helenas eine Übersicht von der Wohnung zusammenzustellen.

So konnte sie alles finden! Wie sie beispielsweise mit verschiedenen technischen Dingen in der Wohnung umgehen kann. Dies bedeutete zum Beispiel: In der Küche die Küchenmaschine zu bedienen. Eine der wichtigsten Dinge: Wie bediene ich den Fernseher?

Der Donnerstag begann regnerisch und Thomas dachte sich im Stillen:

So ist es ein guter Abschied von daheim. Dann trauere ich auch nichts und niemandem hinterher. Gegen Abend meldete sich Helena per Face Time. Es war ein schönes und lustiges Gespräch, welches beide führten. Beide hatten so richtig die Urlaubslaune.

Helena sagte, dass sie mit ihrer Freundin und deren Tochter am Samstag früh anreisen würde. Sie wollte am Freitag los und dann nur einen kurzen Zwischenstopp machen, so dass sie dann am Samstagvormittag bei Thomas sein würden.

So hätten sie alle genug Gelegenheit die Örtlichkeiten einmal zu sehen. Thomas und sie könnten in Ruhe am Sonntag zu ihrer großen Reise aufbrechen. Sie erzählte ihm noch von einigen lustigen Begebenheiten in den letzten Tagen.

Er bemerkte bei allem nicht, was Helena ihm mitteilte, dass er ihr komplett die Führung überließ.

In allen Bereichen folgte er ihren Ratschlägen und vertraute sehr auf Helena. Genau das war es auch, was er jetzt gerade brauchte. Er brauchte Führung und Entlastung. Er wollte nicht viel denken! Er wollte einfach losfahren und glücklich sein.

Früh am Samstagmorgen kam sie in Sipplingen an. Zur Überraschung von Thomas waren nur sie und Saskia im Wohnmobil.

Er fragte: „Wo ist deine Freundin? Wieso hast du sie nicht mitgebracht?"

„Ach Tom! Das war schon alles wieder hektisch. Wir waren gerade losgefahren, da wurde es meiner Freundin sehr schlecht und sie war der Meinung, sie würde die lange Fahrt nicht überstehen!

Dann habe ich sie wieder nach Hause gebracht und bin nur mit ihrer Tochter Saskia hier runtergefahren!"

Saskia war groß, schlank, dunkelblond und sah dem Gesicht nach zu urteilen, aus wie Helena!

Konnte das Zufall sein?

Er kam zu der Erkenntnis das es Zufall sein konnte. Beide hatten dunkelblonde lange Haare. Sie waren beide groß und trugen sportliche Kleidung.

„Ach", dachte er: „was soll ich dazu sagen? Viele Frauen von heute sehen gleich aus." Manche Männer sagten sogar: „Kennst du eine, kennst du alle!"

Er hat sich weiter nichts dabei gedacht und zeigte Saskia seine Wohnung.

Nach einiger Zeit sagte er: „Komm lass uns nochmal hinunter gehen zum See! Lasst uns eine Stunde in der „Seeliebe" genießen. Dort können wir eine Kleinigkeit essen und genießen noch einmal den Ausblick auf den See!"

Die beiden Damen nickten zustimmend und waren vollauf zufrieden, als sie die Lokalität der „Seeliebe" sahen.

So genossen sie, bei kühlen Drinks und Tapas, den Mittag am Bodensee. Es wurde aus der geplanten Abreise am Samstagmittag nichts.

Der spannende Moment für Helena und Thomas war der Sonntagmorgen. Der Start zu ihrer großen, gemeinsamen Reise. Helena sagte zum Erstaunen von ihm kurz vor ihrer Abreise: „Wir geben beide das gleiche Ziel ins Navi ein und treffen uns dort! Es ist dann nicht so anstrengend, dass einer auf den anderen im Verkehr zusätzlich achten muss. So kann jeder locker fahren!"

Auch dieser Vorschlag schien ihm sehr plausibel und er willigte ein.

„Okay, also machen wir unseren ersten Treffpunkt in Freiburg aus. Treffen wir uns dort auf dem großen Parkplatz am Europapark Stadion!"

Von Sipplingen fuhren beide in Richtung Freiburg, entlang der B31, quer über den Schwarzwald. Beide erfreuten sich an dieser herrlichen Landschaft. Nach drei Stunden Fahrt, waren beide auf dem Parkplatz Europapark Stadion angekommen.

Sie ließen sich vom dortigen Stellplatzbetreiber Eckhardt ihre Plätze zeigen.

Beide richteten ihre Wohnmobile ein und trafen sich nach 30 Minuten vor den Türen ihrer Wohnmobile. Sie machten sich gemeinsam mit ihren E-Bikes auf den Weg in die Innenstadt von Freiburg.

Freiburg ist immer eine sehenswerte Stadt, egal zu welcher Jahreszeit.

Die vielen Studenten und die große Anzahl von Touristen, machen Freiburg zu einer lebendigen Stadt. Zu ihrer weiteren Überraschung war heute noch ein großes Konzert auf dem Marktplatz angesagt.

Sie ließen sich in einem Cafe auf dem Marktplatz nieder und genossen einen leckeren Cappuccino unter der warmen Sonne Freiburgs.

Helena saß relaxed auf einem der schönen Stühle dieses Cafés und winkte plötzlich jemandem zu.

Er konnte nicht erkennen, wem Helena dort zugewunken hatte.

„Wer war das?" fragte er.

„Ach das war eine alte Bekannte! Sie hat sicherlich keine Zeit gehabt mal eben zu uns rüberzukommen! Was hältst du davon, wenn wir noch ein wenig durch die Altstadt schlendern?"

„Gerne doch, das machen wir!"

Sie hakte sie sich bei ihm unter.

Beide schlenderten durch die Altstadt bis langsam die Dämmerung hereinbrach und sie sich auf den Weg zum Stellplatz machen mussten.

Sie verbrachten die Nacht in ihren eigenen Wohnmobilen und schliefen tief und fest.

Am nächsten Morgen, dem Montag, wurden sie bereits früh durch die herannahenden Rasenmäher geweckt.

Thomas schwang sich auf sein E-Bike und fuhr zu der nahen gelegenen Bäckerei, um frische Brötchen zu holen.

Sie frühstücken gemeinsam in Thomas größerem Wohnmobil. Sie hatten dort viel Platz und der

Kühlschrank von Thomas war sehr gut gefüllt. Allein dieser Umstand führte dazu, dass sie ein schönes Frühstück gemeinsam einnehmen konnten.

Während des Frühstücks schauten sie beide in der Landkarte nach und überlegten, welche Stadt der Treffpunkt ihrer nächsten Etappe sein sollte.

Sie einigten sich auf Besancon.

Eine wunderschöne Altstadt können sie nach Informationen aus dem Internet dort besichtigen. Der Stellplatz sollte, nach Angaben der Stellplatz App, in der Nähe der Altstadt liegen.

„Du Tom, fährst du schon mal vor. Ich muss hier in der Stadt noch zur Apotheke und Kleinigkeiten in der Drogerie einkaufen!"

„Ja das kann ich machen. Ich suche für uns schon mal einen schönen Platz aus!"

„Ach Thomas, mach doch bitte den Aufkleber vom Wohnmobilhändler von deinem Fahrzeug ab. Ich finde es immer doof für andere Werbung zu machen!"

Thomas lächelte: „Ja mache ich gerne!"

Nachdem er gespült und abgetrocknet hatte, machte er sein Fahrzeug reisefertig und entfernte der Aufkleber vom Wohnmobilhändler. Er nahm sich dazu seinen Fön. Damit war es eine Kleinigkeit den Aufkleber sauber zu entfernen.

Gegen 11:00 Uhr verließ er den Wohnmobilstellplatz am Europa Park Stadion in Freiburg in Richtung Besancon.

Die Fahrt vorbei am französischen Mülhausen war wunderbar. Die Autobahn war leer. Wenige Lkws und eine schöne Landschaft begleiteten ihn auf seiner Fahrt.

Er machte sich keine Gedanken darüber, warum Helena jetzt noch einmal so kurzfristig in die Apotheke musste!

„Was soll es?", dachte er.

„So sind sie eben, die Damen."

Nach etwas mehr als 200 gefahrenen Kilometern, kam Thomas auf dem Stellplatz in Besancon, nahe der Altstadt an und fand einen relativ leeren Wohnmobil Stellplatz vor.

Er stellte sein Fahrzeug auf die mitgeführten Keile, denn der Platz war etwas schräg abfallend.

Er stellte zwei Campingstühle neben sein Fahrzeug, um so für Helena einen Platz zu reservieren. Das ist nicht die feinste Art und erinnert an die Reservierung von Sonnenliegen im Hotel.

Zumindest konnte er so schon einmal die berühmten Kuschelcamper vermeiden.

Drei Stunden später, gegen 17.00 Uhr, traf Helena auf dem Wohnmobilstellplatz ein.

Er wies sie ein und empfahl, dass sie ihr Fahrzeug auf Keile stellen sollte!

Gesagt, getan und schnell stand Helenas Wohnmobil perfekt auf den Keilen. Es wurde schon leicht dämmrig, so dass beide verabredeten, nicht noch am Abend in die Altstadt zu gehen, sondern damit bis morgen zu warten.

Beide machten es sich im Thomas Wohnmobil gemütlich. Er schenkte ein Glas Wein ein und stellte Tapas auf den Tisch. Sie sprachen noch über dies und jenes.

Unter anderem darüber, wie sie den nächsten Tag in Bisancon verbringen wollten in dieser schönen grünen Stadt, (als Weltkulturerbe der Unesco ausgezeichnet), sodass sie den Titel „Grünste Stadt Frankreichs" führen darf.

Am nächsten Tag trafen sie sich vor den Wohnmobilen, um in die Stadt zu gehen.

Sie hatten explizit auf das gemeinsame Frühstück im Wohnmobil verzichtet, da sie gerne in einem französischen Café, frisches Baguette und frische Croissants essen wollten.

Der Weg führte beide durch malerische Gassen hinauf in die Altstadt. Wäre diese Altstadt nicht vorhanden, so wäre Besancon eine Stadt wie jede andere. In der Nähe der Kirche fanden sie ein wunderschönes französisches Café und genossen zusammen frisches französisches Baguette und Croissants.

Anschließend schlenderten Thomas und Helena weiter durch die Gassen von Besancon. Während beide die Auslagen der Geschäfte anschauten, blickten sie sich in einer Schaufensterscheibe in ihre Gesichter.

Sie lächelten sich an, Helena umarmte ihn! Sie drückte ihm einen kleinen Kuss auf die linke Wange! Lächelnd und wohlgelaunt gingen beide weiter.

Sie fanden in einem kleinen Souvenirgeschäft ein Andenken, das an Besancon erinnern sollte. Auf dem Weg zurück zu ihren Wohnmobilen sahen sie noch die schönen Gärten, die den Weg säumten.

Helena bereitete in ihrem mitgeführte Omnia einen leckeren Schokokuchen vor, den beide gemeinsam mit einem Kaffee genossen.

Im Anschluss daran, suchten beide die beste Möglichkeit als Tour Ziel für morgen heraus.

Als Ziel für den nächsten Tag wurde Clermont-Ferrand ausgewählt. Sie suchten in der Stellplatzapp einen schönen Stellplatz aus.

Der Stellplatz lag etwas abseits der Altstadt von Clermont-Ferrand. Die Strecke dorthin betrug ungefähr 400 Kilometer.

Helena wirkte plötzlich ganz anders als Thomas sie kannte.

Sie gab an, dass sie plötzlich Kopfweh hätte, und das sie sich jetzt gerne etwas hinlegen würde. Thomas sah sie an diesem Tag nicht wieder.

Vermutlich waren die Kopfschmerzen Helenas doch stärker als gedacht. Er machte sich weiter keine Gedanken und ging ebenfalls zu Bett.

Am nächsten Morgen schaute er aus seinem Fenster und vermisste ihr Wohnmobil! Er schaute auf seine Uhr und es war bereits 10:00 Uhr.

Hatte er so tief und fest geschlafen? Er war überrascht und schüttelte sich. Er musste erst einmal wieder zu sich kommen.

Er fühlte sich richtig benebelt und war gar nicht Herr seiner Sinne.

Kurze Zeit darauf nahm er sein Handy und rief Helene an.

Es klingelte vier bis fünfmal, dann ging Helena an ihr Telefon. Die Fahrtgeräusche im Hintergrund waren laut.

„Hallo Thomas? Was ist mit dir? Bist du endlich wach geworden? Ich habe heute Morgen ganz oft bei dir an die Tür geklopft und du hast dich nicht gemeldet!"

Er antwortete etwas verdattert und verkratzt in seiner Stimme: „Ach Helena, ich weiß es auch nicht. Ich habe tief und fest geschlafen und bin gerade wach geworden. Zudem habe ich um mich herum nichts wahrgenommen."

Helene antwortete mit lächelnder Stimme: „War es vielleicht ein Schluck Wein zu viel gestern Abend? Hast du davon einen schweren Kopf bekommen? Ich jedenfalls hatte irre Kopfschmerzen. Vielleicht hat der Wein bei uns unterschiedlich gewirkt?"

Er schüttelte sich am anderen Ende der Leitung immer noch: „Das kann durchaus sein Helena! Ich bin eben nichts mehr gewohnt und wir haben ja auch viel geredet. Vielleicht kennt meine Kopfmuskulatur solche ausgiebigen Gespräche nicht mehr!"

„Warum bist du denn so früh gefahren?" fragte er und wechselte das Thema.

Helena antwortete mit ruhiger Stimme: „Ich fahre schon mal voraus! So wie du es gestern gemacht hast. Du kannst problemlos hinterherkommen. Du hast alle Unterlagen. Ich werde für uns einen schönen Platz aussuchen. Ich rufe dich nachher an oder schreibe dir kurz an welchem Platz wir uns treffen, in der Nähe von Clermont-Ferrand."

„Ja genau so machen wir es! Ich werde mich duschen und dann werde ich langsam losfahren. Ich hoffe wir sehen uns dann in 4 bis 5 Stunden!"

Er schaute sich in seinem Wohnmobil ich um und konnte gar nicht fassen, dass er so lange geschlafen hatte.

So hat er sich noch nie gefühlt nach ein paar Gläsern Wein. Er blickte auf die Weinflasche und las 12% Volumenalkohol. Also nichts Besonderes!

Es war ein schöner Nachmittag gestern, an dem sie sich gut unterhalten hatten. Sie waren zu einem Ergebnis gekommen. Was hätte er sich also dabei denken sollen?

Die Fahrt mit dem Wohnmobil von Besancon nach Clermont-Ferrand war deutlich anstrengender als die zweite Strecke.

Heute waren viel mehr Lkws auf der Autobahn und somit floss der Verkehr deutlich langsamer. Zirka sechs Stunden benötigte Thomas, bis er am Stellplatz in Clermont-Ferrand ankam.

Da war schon das Wohnmobil von Helena! Er fuhr über den Platz, stellte sich direkt neben sie und schaltete den Motor ab.

Er ging zu ihrem Wohnmobil und klopfte an der Türe. Helena öffnete von innen. Er schaute etwas zweifelnd.

Helena sah ein klein wenig anders aus als gestern. Er verwarf den Gedanken. „Ach, das ist bestimmt noch von dem Alkohol gestern," brummelte Thomas vor sich hin.

Helena kam aus ihrem Wohnmobil, ging auf ihn zu, umarmte ihn und gab ihm ein Küsschen auf die Wange!

„Thomas das ist schön, dass du schon da bist! Hast du sie doch geschafft, die weite Strecke von Besancon nach Clermont-Ferrand. Ich habe schon gedacht du rufst an das du es nicht mehr schaffst und noch eine Pause machst!"

„Nein, nein," entgegnete er, „ich war bei der Fahrt voll konzentriert und bin jetzt schon wieder leicht müde. Ich weiß gar nicht woran das liegt?"

„Sicher kommen bei dir die Anstrengungen der letzten Wochen etwas heraus und dein Körper muss sich erst an die Luftveränderung hier im Vulkangebiet gewöhnen!"

Was war es bloß, was er so komisch fand, an den kleinen Veränderungen bei Helena? Jetzt nannte sie ihn wieder Thomas?

Er konnte es nicht beschreiben! Die Situation war, sagen wir mal, komisch!?

Die beiden unterhielten sich weiter köstlich! Es war ein lockeres Gespräch über dies und das, was man in dieser schönen Stadt anschauen könnte.

Da war zum einen die große Kathedrale von Lemont mit ihren zwei hohen Türmen und zum anderen die vielen Altstadtgebäude. Die Altstadtgebäude sind teilweise aus dem 13. Jahrhundert erhalten geblieben.

Die Stadt hat eine tragende Rolle in der Geschichte Frankreichs. Zu allen Zeiten war Clermont-Ferrand ein Knotenpunkt für die Reisen von Paris nach Barcelona und daher ein sehr wichtiger Handelsort.

In der Geschichte Frankreichs ist Clermont-Ferrand sehr stark verankert. Die Orte Clermont und Ferrand, die früher eigenständig waren, sind eine gallische Metropole im Kampf gegen die Römer gewesen. Später besiegten die Römer die Franzosen.

Zurück blieb immer noch eine kleine Heerschar von Kämpfern, die aus den gallischen Orten stammten, die sich um Clermont-Ferrand herum befanden.

Beide erinnerten sich noch an die lustigen Geschichten von Asterix und Obelix, die der Autor Rene Goscinny und der Zeichner Alberto Uderzo geschaffen hatten. Sie spielten sogar einige kleine Szenen nach.

Sie machte ihm zur Besichtigung der Stadt am nächsten Tag weitere Vorschläge.

Genau wie er, war sie der Meinung, unbedingt den höchsten Vulkan Frankreichs als erstes zu besuchen. Dorthin gelangte man mit dem Linienbus. So konnten sie sich einen besseren Überblick von der gesamten Stadt verschaffen.

Sie fuhren am nächsten Morgen mit dem Linienbus zum Puy de Dome. Die letzten Schritte hinauf zur Aussichtsplattform gingen sie zu Fuß. Er kam gehörig ins Schwitzen. Der latente Schwefelgeruch tat sein Übriges.

Das Wetter meinte es gut mit Ihnen und sie hatten eine ganz großartige Sicht über das Tal, in dem die Stadt Clermont-Ferrand lag.

Sie machten viele Fotos, die daran erinnern sollten, wie schön es dort war.

Anschließend fuhren sie wieder mit dem Linienbus hinunter in die Stadt.

Sie begaben sich in das Café am Marktplatz und unterhielten sich angeregt. Helena war auf einmal so lustig und so fröhlich. Sie erzählte voller Emotionen aus ihrem Leben. Ihm war es nicht unangenehm. So kamen sie sich etwas näher.

Manche Dinge, die sie erzählte, kamen ihm so vor, als hätte er alles schon einmal gehört. Er glaubte sich daran zu erinnern, dass sie ihm bereits einige Details vor Wochen am Telefon erzählt hatte. Er schmunzelte! Egal, es war so interessant, dass er sich köstlich amüsierte.

Langsam wurde es dunkel und sie sagte:

„Thomas, wir sollten uns langsam auf den Weg machen es dämmert schon und mir scheint es, als beginnt es gleich zu regnen! "

„Du hast recht Helena, es zieht sich langsam zu!" Er rief den Kellner heran.

Sie nutzte die Gelegenheit, um kurz zur Toilette zu gehen. Als sie zurück an den Tisch kam, sah sie das er ihre Handtasche festhielt. Darüber schien sie wenig erfreut. „Thomas! Ich möchte nicht, dass du an meine Handtasche gehst!"

„Ich wollte nur darauf aufpassen und habe sie an mich genommen, damit du sie nicht vergisst! Außerdem lag dein Handy auf dem Tisch. Das habe ich in die Handtasche geräumt!"

In dem Moment erinnerte er sich, dass er bei einem kurzen Blick auf ihr Handy, den Hinweis: „Verpasster Anruf von Rolf," gelesen hatte. Allerdings ohne dieser Information einen besonderen Gedanken beizumessen.

„Du hast ja recht Thomas!" erwiderte Sie.

„Es ist nur weil…, ach lassen wir das!"

Beide gingen zur Bushaltestelle und es begann schon zu regnen. Der Bus war sehr gut gefüllt, sodass es keine Sitzplätze mehr gab.

Thomas und Helena mussten in der Mitte des Ganges stehen und sich an den oberen Haltestangen des Busses festhalten. In einigen Kurven schwankte der Bus so sehr, dass er Helena mit seinem Arm am Busen berührte!

Beide erreichten bei leichtem Nieselregen ihre Wohnmobile. Sie schloss die Tür zu ihrem Wohnmobil auf und rief ihm zu: „Vielleicht komme ich nachher noch zu dir rüber! Ich leg mich kurz mal etwas hin!"

„Ja kein Problem," sagte er.

Genau wie beim letzten Mal kam es nicht dazu, dass Helena zu ihm hinüberkam. Wie sich später herausstellen sollte war sie eingeschlafen.

Am nächsten Tag trafen sich Thomas und Helena vor ihren Wohnmobilen und schauten sich lächelnd an:

„Da bin ich wohl eingeschlafen," sagte sie.

„Ja," sagte er.

Er wirkte in diesem Moment etwas angebunden. Sie ging ein paar Schritte auf ihn zu, nahm ihn in den Arm und drückte ihn fest an sich.

„Es tut mir wirklich leid Thomas, aber ich war wieder todmüde!"

„Ist ja nicht so schlimm, Helena! Das ist doch normal nach einer so anstrengenden Fahrt!"

„Du, ich habe mir etwas überlegt, Thomas!

Das Wetter soll in den nächsten Tagen nicht so gut werden, hier im Inland von Frankreich. Deshalb würde ich vorschlagen, lass uns doch direkt an die Atlantikküste fahren. Dort gibt es in der Nähe des Atlantikstrandes, in Les Turteles, einen wunderschönen Wohnmobil Stellplatz. Ich komme allerdings erst in 3 Tagen nach. Du kannst gerne schon vorfahren und kannst dich dort schon gemütlich einrichten. "

„Was machst du in den nächsten 3 Tagen?"

„Ich muss noch ein paar Dinge erledigen, die ich leider zu Hause nicht mehr rechtzeitig erledigen konnte!“

„Schade, jetzt hatten wir uns gerade so aneinander gewöhnt und du bist wieder ein paar Tage nicht da,“ seufzte Thomas

„Du hast sicher recht! Doch wollen wir auch allem etwas Zeit geben. Nichts übereilen und jeden Moment, den wir gemeinsam haben, genießen! “

„Das hast du aber schön gesagt! Das beruhigt mich sehr! Ich packe jetzt meine Sachen zusammen und dann fahre ich los, Helena.“

Er drehte sich in COLUMBO MANIER zu ihr um.

„Du, sag mal? Ich hatte gestern, beim Einpacken deines Handys zufällig gesehen, dass du einen verpassten Anruf von Rolf hattest. Wer ist das?“

Sie antwortete rasch: „Das ist mein Cousin Ralf! Da hast du bestimmt den Namen falsch gelesen. Er unterstützt meine Tochter in der Gärtnerei. Im Moment haben sie ein großes Problem mit den Lieferanten. Da ist meine Unterstützung gefragt. Ich muss bis nächste Wochen zwanzigtausend Euro in bar aufbringen, damit sie Ware ausgeliefert bekommen. Der Blumengroßhändler akzeptiert das Geschäftskonto meiner Tochter nicht!“

„Aah, jetzt wird mir klar, warum du manchmal so verändert wirkst.“

„Siehst du, ich wollte dich nicht damit belasten und habe es dir nicht gesagt! Ich werde jetzt schnell nach Deutschland fliegen und die Sache vor Ort klären!“

„Kann ich dir behilflich sein? Ich kann hier auf dich warten!“

„Lass gut sein. Ich schaffe das auch ohne dich. Und wenn so etwas noch einmal vorkommt, dann sage ich es dir. Einverstanden?“

„Einverstanden!“

Er war bereits in Richtung Atlantikküste abgefahren, während Helena im Wohnmobil wartete. Sie ließ sich mit dem Taxi zum Flughafen von Clermont-Ferrand bringen. Ihr Ziel war Deutschland.

Thomas saß im Führerhaus seines Wohnmobils und war glücklich. Er hörte laute Musik von früher. Er war ein großer Fan von Pink Floyd. Diese Musik konnte man am besten hören, wenn man allein war. Erst dann konnte er jede Note, die gespielt wurde, genießen!

Er fuhr weiter Richtung Bordeaux.

Nach gut sechs Stunden Fahrt erreichte er die Atlantikküste und den von Helena ausgesuchten Stellplatz.

Der Stellplatz lag direkt im Wald, vor dem großen Campingplatz Espace Blue Oceans. Von dort war es nicht weit bis zum Meer. Es waren fußläufig vielleicht 200 Meter. Er ging an den Strand und setzte sich in den weißen Sand. So ließ er die frische Atlantikbrise auf sich einwirken.

Thomas dachte häufig an einen schönen Strandspaziergang am Morgen.

Die Zeit bis zum Sonnenuntergang im Westen verging schnell. In der Nacht frischte der Wind etwas auf. Die Lufttemperatur wurde kühler. Er schaltete vorsichtshalber die Heizung an und machte es sich in seinem Wohnmobil gemütlich.

Er kochte sich einen Tee und schmierte sich das frische Baguette mit Butter und belegte es mit französischem Käse, den sie in Clermont-Ferrand gekauft hatten.

So darf das Leben sein, dachte er. Er lächelte über sein ganzes Gesicht und war glücklich, dass er diese Situation in seinem Leben erleben durfte.

Die nächsten beiden Tage verbrachte Thomas fast den ganzen Tag am Strand.

Die Sonne schien hell vom Himmel. Es waren noch zirka 20 Grad. Er ließ sich in der Strandbar kulinarisch verwöhnen.

Er genoss den Ausblick und die Ruhe. Er hatte in den letzten 2 Tagen vergeblich versucht Helena telefonisch zu erreichen, um ihr die Schönheit des Atlantikstrandes mitzuteilen. Gerne wollte er sich auch für den schönen Tipp bedanken, den Helena im gegeben hatte.

Ein bisschen merkwürdig kam ihm das Ganze schon vor. Es ging ihm durch den Kopf, dass Helena im Grunde genommen zwei Gesichter von sich zeigte.

Am Anfang, als sie sich über das Telefon kennenlernten, war sie sehr euphorisch, und doch recht sachlich.

In Frankreich entwickelte sie dann an beiden Orten Thomas gegenüber, eine gewisse Wärme. Und doch war nachher wieder Kälte in ihren Reaktionen zu spüren.

Damit musste er erstmal klarkommen.

Denn es war für ihn ungewöhnlich und er kannte solche Situationen nicht. Meistens begegnete er Menschen, die eine klare Linie verfolgten und sich in ihrem Leben entsprechend verhielten.

Sollte er sich weiter darüber Gedanken machen? Lieber sollte er sich darüber freuen, wie ihm das Leben gerade begegnet.

Der dritte Tag von Helenas Abwesenheit war nun bereits vergangen. Thomas versuchte sie erneut auf dem Handy zu erreichen. Diesmal hatte er Glück und sie war am anderen Ende.

„Schön, dass du anrufst. Es tut mir leid, dass es jetzt noch einen Tag später wird. Aber ich hatte so viel zu erledigen, dass ich es kaum schaffen konnte. Aufgrund des angekündigten Wetters ist nach deiner Abfahrt kein einziges Flugzeug nach Deutschland gestartet. Ich musste versuchen alles von hier aus zu regeln. Ich konnte meiner Tochter und meinem Cousin dadurch nicht weiterhelfen. Es ist ein großes Dilemma.“

Thomas hörte den verzweifelten Unterton in Helenas Stimme.

„Helena, ich frage dich jetzt noch einmal: Kann ich dir irgendwie helfen?“

„Das ist lieb Thomas, aber wie willst du mir helfen?“

„Du hast zu mir gesagt, dass du mir beim nächsten Mal Bescheid gibst, wenn etwas nicht so funktioniert, wie du es dir vorstellst!“

„Ja, da gebe ich dir recht!“

„Also, was ist jetzt los? Raus mit der Sprache!“

Helena weinte am anderen Ende.

„Ach Thomas, sei doch nicht so hart mit mir. Ich kann doch auch nichts dafür, dass die Lieferanten sich so komisch anstellen, nur weil die letzten Überweisungen der Lieferrechnungen mit Verspätung bei ihnen eingegangen sind!“

„So Helena, das Ganze hat jetzt nichts mehr mit Härte zu tun, sondern ist ein ganz normaler Geschäftsvorgang! Wie kann ich dir jetzt helfen?“

„Das ist nicht einfach zu erklären! Im Grunde möchte der Lieferant aus Holland erst dann Ware ausliefern, wenn die Ware direkt und bar bezahlt wird!“

„Auch diesen Vorgang verstehe ich. Doch wie wollen wir den Kern des Problems lösen?“

Helena seufzte am anderen Ende.

„Wenn ich das genau wüsste, dann würde ich es dir sagen!“

„Können wir dem Lieferanten nicht vorschlagen, dass ich den Rechnungsbetrag per Echtzeitüberweisung an ihn sende?“

„So etwas kenne ich überhaupt nicht! Ich werde jetzt eben den Lieferanten anfragen und melde mich sofort wieder bei dir!“

„Ok, alles klar! Ich warte auf deinen Rückruf!“

Nach zwanzig Minuten rief Helena zurück.

„Thomas, der Lieferant will auch deine Überweisung nicht anerkennen. Er will nur Bargeld akzeptieren!“

„Wie komisch! Hmmh, da lasse ich mir eben was anderes einfallen.“

Thomas überlegte kurz: „Kann ich das Geld auf das Konto deiner Tochter einzahlen?“

Helena überlegte: „Das wird auch schwierig, weil sie ja nicht so viel Bargeld auf einmal abheben könnte.“

„Dann muss sie eben zur Bank gehen und es dort abholen!“

Thomas wurde langsam ungehalten.

„Jetzt habe ich`s! Ich sage einem guten Freund von mir in Berlin Bescheid und deine Tochter kann sich das Geld bei ihm abholen!“

„Das wäre ja super!“ Man hörte ihr die Erleichterung an.

„Gut, dann werde ich jetzt meinen Freund informieren und du wirst deine Tochter zu ihm schicken, damit sie das Geld abholen kann!“

„Ich weiß gar nicht wie ich das bei dir gutmachen soll? Du bekommst das Geld sofort von mir, wenn wir wieder von unserer Reise zurück sind!“

„Ja, alles in Ordnung Helena! Jetzt pack deine sieben Sachen und komm hier runter an die Atlantikküste!“

„Ich fahre morgen sofort hier in Clermont-Ferrand los und komme zu dir auf den Stellplatz an der Atlantikküste!“

In erster Linie war er beruhigt, dass er Helena helfen konnte. Wichtig war für ihn, dass es ihr gut ging.

Am nächsten Tag kam Helena an der Atlantikküste an. Thomas konnte es kaum erwarten und rannte von seinem Wohnmobil zu Helena. Sie wirkte so, als wenn es ihr peinlich war, dass Thomas diesen Gefühlsausbruch zeigte.

„Schön, dass du endlich da bist! Ich freue mich, dass du jetzt wieder bei mir bist.“

Sie gingen am Strand spazieren und genossen die wenigen Sonnenstunden, die der Herbst noch für sie übrighatte.

„Jetzt bin ich froh, dass du hier bist und wir zusammen am Strand entlang spazieren. Ich war in den letzten Tagen oftmals sehr müde, genau wie am Anfang.

Ich kann mir keinen Reim daraus machen, warum es zurzeit so ist und warum ich mich so müde fühle?“

„Die Frage kann ich dir leider auch nicht beantworten, Thomas!“

Sie gingen zurück zu ihren Wohnmobilen und Helena holte aus ihrer Heckgarage eine Feuerschale.

Vorne an der Einfahrt zum Wohnmobilstellplatz lagerte der Campingplatzbesitzer jede Menge Brennholz. Das ist ein Geschenk, das der Campingplatzbesitzer seinen Gästen kostenlos zur Verfügung stellt. Hauptsächlich handelt es sich dabei um langjährig angeschwemmtes Strandgut.

Thomas hatte schon etwas von diesem Holz besorgt und stapelte es nun in kleinen Spalten in der Feuerschale, sodass er es gut zum Brennen bringen konnte.

Er holte aus seinem Wohnmobil eine Kleinigkeit zu essen und Helena spendierte einen von Ihren hervorragenden Weinen.

Sie erklärte das der Wein, den sie im reichte, ein lieblicher Tropfen aus der Bourgogne sei.

Farblich sah der leicht rötlich schimmernde Wein großartig aus. Er probierte einen kleinen Schluck. Sie schaute ihm zu wie er den Wein zwischen Zunge und Lippen hin und her tänzeln ließ. Dann lief er langsam die Kehle hinunter.

Sie machte den Vorschlag noch ein paar Tage hier an der Atlantikküste zu bleiben.

Er war sofort Feuer und Flamme für diesen Vorschlag. Sie unterhielten sich noch darüber, was sie so in den nächsten Tagen an kleinen Dingen unternehmen könnten.

Ein wenig schwerelos fühlte sich Thomas nach einiger Zeit und dachte: Hhmmmh, was für ein toller Tropfen! Er legte die Füße übereinander, sank in seinem Campingsessel herunter und schlief ein.

Als er wieder wach wurde befand er sich komischerweise in seinem Wohnmobil. Er konnte sich nicht daran erinnern, wie er hierhergekommen war. Er hatte nur noch in Erinnerung das er draußen am Feuertopf mit Helena ein schönes Glas Rotwein genossen hatte.

Kurze Zeit später sollte sich Thomas nochmal überrascht fühlen.

Er war felsenfest davon überzeugt, dass er seine Jacke ebenfalls mit nach draußen genommen hatte. Selbst die Jacke befand sich jetzt in seinem Wohnmobil. Er schaute nach rechts und nach links und hatte irgendwie das Gefühl, dass sich Kleinigkeiten verändert hatten.

Doch was es war, konnte er nicht ganz genau sagen. Irgendetwas musste in der Zeit, in der er tief und fest geschlafen hatte, passiert sein?

Er suchte seine Uhr im Halbdunkel.

Die war nicht zu finden. Thomas stand auf und ging zur kleinen Küchenzeile und sah seine Uhr auf der Ablage liegen. Diese zeigte ihm 04:10 Uhr an.

Wo war Helena? In seinem Wohnmobil auf jeden Fall nicht! Er konnte aber jetzt nicht um diese Zeit rüber gehen, an ihr Wohnmobil klopfen und fragen was denn geschehen war. Er legte sich auf sein Bett und schaute in seinem Handy nach, ob irgendetwas in dieser Zeit gewesen ist.

Sind eventuell Nachrichten angekommen oder hatte jemand versucht ihn telefonisch zu erreichen?

Nein nichts von alledem. Bis der Morgen anbrach waren es noch gut dreieinhalb Stunden.

So beschloss er, sich noch einmal hinzulegen und bis dahin etwas zu schlafen. Um sicher zu gehen, dass er diesen Zeitpunkt nicht verpasste, stellte er sich seinen Wecker auf 07:30 Uhr.

Kaum hat er sich hingelegt und war eingeschlafen, da klingelte der Wecker. Ruckzuck war es 07:30 Uhr und er fühlte sich, als hätte er gerade mal 10 Minuten geschlafen.

Er kämpfte sich hoch, ging ins Bad, schaute in den Spiegel und dachte: Mein Gott, wie sehe ich denn aus?

Er sah sich im Spiegel an und stellte fest, dass er vollkommen verschlafen und verknittert war. So kannte er sich gar nicht!

Sollte etwa der Wein eine Rolle gespielt haben, weshalb er sich nicht so gut fühlte? Da sind einige Fragen offen, die er gleich an Helena richten wollte.

Er schaute rüber zu ihrem Wohnmobil. Sie hatte noch alle Rollos verschlossen und es war nirgendwo Licht zu erblicken. Also schläft sie noch.

Er machte sich einen schönen Kaffee, schmierte sich dazu ein kleines Baguette und belegte es mit französischer Blutwurst. Er ließ sich beides schmecken und schaute währenddessen die neuesten Nachrichten auf seinem Handy an.

Innerlich verspürte er das Bedürfnis in den nächsten Tagen einmal Saskia zu sprechen. Am liebsten wäre es ihm, ein Videotelefonat mit ihr zu führen. So könnte er gleichzeitig sehen, wie es in der Wohnung aussieht und ob sich Saskia dort wohlfühlt.

Gegen 10:00 Uhr schien sich in Helenes Wohnmobil etwas zu bewegen. Die Rollos gingen hoch und die Aufbautür öffnete sich. Sie kam heraus und reckte beide Arme in die Luft.

Im nächsten Moment sah sie ihn und lächelt ihn an: „Guten Morgen Tom, wie geht es dir? Du warst gestern Abend so schnell müde, dass du noch hier draußen eingeschlafen bist. Du warst nicht mehr wach zu bekommen.

Ich habe dich dann mit einem Nachbarn in dein Wohnmobil hineingeschoben. Dann habe dich hingelegt, die Schuhe ausgezogen, die Uhr ausgezogen und dann das Wohnmobil von außen wieder verschlossen!"

„Mein Gott, ist mir das jetzt peinlich! Du musstest mich in mein Wohnmobil bringen? Das ist mir noch nie passiert! Bin ich von diesem bisschen Wein so müde geworden, dass ich nicht einmal gemerkt habe wie ihr mich in mein Wohnmobil gebracht habt?"

Er schüttelte bei dieser Fragestellung mehrfach den Kopf.

Sie streichelte ihm über den Kopf und sagte: „Mach dir nichts daraus, es ist doch alles gut gegangen. Vielleicht sorgt die frische Atlantikluft dafür, dass du eine Menge Sauerstoff in dein Blut bekommst.

Davon wird man ruhig und entspannt.

Wir haben schöne Gespräche geführt, dabei den Wein getrunken und da wird man schon mal schnell müde. Ich habe am meisten gesprochen, was in der Natur der Weiblichkeit liegt."

Er grinste in sich hinein und entdeckte immer neue Dinge an sich.

Zum einen war er schnell müde, zum anderen sieht er morgens aus wie ein Alien! So viele Veränderungen, in so kurzer Zeit?

„Komm Tom! Wir frühstücken jetzt zusammen!"

„Ich setze mich gerne zu dir und trinke noch einen Kaffee. Ich habe bereits eine Kleinigkeit gefrühstückt, bevor du aufgestanden bist."

Sie ging nochmal in ihr Wohnmobil, machte sich ein wenig frisch und kochte für sich und Thomas zwei Kaffee.

Als ich mit dem Kaffee herauskam, sagte er zu ihr: „Ich würde gerne mal mit Saskia telefonieren! Meinst du das geht?"

„Na klar! Warum sollte das nicht gehen! Ich werde sie nachher mal anschreiben und fragen, wie sie Zeit hat."

„Oh ja, dass wäre großartig, wenn du das für mich organisieren könntest!"

Sie tranken in Ruhe Kaffee. Am späten Nachmittag war Thomas mit Saskia zum Videocall verabredet.

Die Stunden vorher warten Sie in ihren bequemen Strandsesseln. Heute waren beide dick eingepackt, denn ein kühler Wind wehte vom Atlantik her.

Am späten Nachmittag telefonierte er per Video mit Saskia.

Er konnte im Video gut erkennen, dass sie am Küchentisch saß. Er konnte genau auf die Uhr schauen, die an der Wand neben dem Kühlschrank aufgehängt war.

Er erkundigte sich über die Situation und über die Nachbarn im Haus. Alle Fragen wurden ihm von der jungen Dame zu seiner Zufriedenheit beantwortet. So fühlte er sich wohl. Sie verabredeten sich zu einem weiteren Telefonat in 14 Tagen.

An den nächsten beiden Tagen ereignete sich nichts Besonderes. Er und Helena waren, sobald die Sonne etwas höher stand, den ganzen Tag am Strand. Er informierte sich mit seinem Tablet über neue Entwicklungen im Bereich des Kite Surfens. Das Kiten war eine Sportart, die er gerne erlernen würde.

Helena hatte jetzt nicht so großen Spaß daran, da sie sich nicht so sehr für solch anstrengende Sportarten begeistern konnte.

Nachdem sie nun einige Tage an der Atlantikküste verbracht hatten, planten sie den nächsten Step. Thomas fragte Helena direkt, ob sie denn sofort mitkommen würde oder ob sie nachkommt?

Sie zeigte große Bereitschaft sofort mitzukommen. Sie würde aber ganz gerne den nächsten Ort bestimmen.

„Wir fahren jetzt weiter entlang der Atlantikküste in Richtung Santander! Zirka 50 Kilometer hinter Santander gibt es einen kleinen Campingplatz. Dieser heißt „Las Hortensias" und ist direkt an einer engen Badebucht gelegen, die an beiden Seiten von höheren Felswänden umgeben ist.

Dort hat man im Herbst noch mal die Gelegenheit, bei gutem Wetter einige Stunden am Strand verbringen zu können."

Er schaute sich die Lage in der Karte an und nickte. Die Beschreibung hörte sich gut an. Die Lage war zwar etwas einsam, da der nächste Ort gut 10 Kilometer weiter entfernt schien. Aber er fand es interessant.

Am nächsten Tage machten sich beide mit ihren Wohnmobilen auf den Weg. Sie hatten abgesprochen, nicht in einer kleinen Kolonne zu fahren, sondern so, dass jeder in Ruhe fahren konnte.

In kleineren oder größeren Abständen sahen sie sich während der Fahrt. Auf den gut ausgebauten Autostraßen und nach dem ersten Streckenabschnitt über zirka 200 Kilometer trafen sie sich in der Hafenstadt Santander. Dort wollten sie dann gemeinsam zu Mittagessen. Leider kam es nicht dazu.

Helena war auf einmal übel geworden und sie sagte, dass sie sich unwohl fühlte.

Sie bat ihn darum, weiterzufahren zum Stellplatz Las Hortensias. Sie hatten dort den Campingplatz reserviert.

Sie würde so schnell wie möglich nachkommen.

Wieder mal schaute er etwas irritiert. Er war aber mit der Situation einverstanden. Nach einem gemeinsamen Kaffee fuhr er weiter nach Las Hortensias.

Er hegte keinerlei Bedenken gegenüber dem Verhalten von Helena.

In Las Hortensias auf dem Campingplatz eingetroffen, bekam er zwei sehr schöne Stellplätze direkt an der Bucht zugewiesen. Es war nicht mehr viel los um die Jahreszeit und der Campingplatz hatte nur noch 5 Tage geöffnet.

Am späten Nachmittag wurde es hier schon merklich kühler.

Gegen Abend war er etwas beunruhigt und versuchte Helene telefonisch zu erreichen.

Nach dem zweiten Versuch sie anzurufen, meldete sie sich.

Sie beschrieb ihm die Situation, dass sie sich momentan noch nicht so gut fühle, aber in der Apotheke schon ein Medikament geholt hätte, dass ihr helfen würde.

Sie würde allerdings heute doch in Santander im Wohnmobil übernachten und dann morgen früh hinterherfahren.

Thomas beschrieb ihr noch ganz genau die Fahrtroute und sagte ihr, dass es kein Problem wäre den Campingplatz zu erreichen. Sie könne sich auf einen großartigen Stellplatz freuen.

Am nächsten Mittag kam Helena mit ihrem Wohnmobil angefahren und stellte sich neben ihn auf den Stellplatz. Sie stieg aus, sah sich um, und erblickte Thomas in seinem Campingstuhl am Strand.

Sie schlich sich langsam von hinten an ihn heran. Dann hielt sie ihre Hände über seine Augen und fragte: „Wer bin ich?"

Er spielte das Spielchen mit und sagt zögerlich: „Hmmmh, wer könnte das wohl sein? Bist du es Helena?"

In diesem Moment ließ Helena los, beugte sich ein Stück nach vorne und drückte Thomas einen Kuss auf die linke Wange.

Er war sichtlich überrascht über so viel Zuneigung, aber der Kuss war schön. Da könnte es gerne mehr von geben.

Sie tranken zusammen einen eiskalten spanischen Landwein. So einen Chardonnay für Arme.

Sie turtelten miteinander, was das Zeug hielt.

Jetzt lief Thomas zur Hochform auf und spielte Musik aus den 1970er Jahren auf seinem Bose Turm ab.

Von Suzi Quatro über Jethro Tull, von Gary Glitter bis Abba. Jede Musikrichtung die Thomas aus seiner Jugendzeit kannte, suchte er aus.

Das Meer rauschte leise und die beiden sanken sich träumend in die Arme. Während es schon dämmerte und die ersten Fledermäuse in der Luft zu sehen waren genossen sie den Moment.

„Das waren noch Zeiten," flüsterte er leise, „als wir mit dem Zelt bei uns zuhause am Baggerloch solche Stimmungen erlebt hatten!"

Sie schob ihre linke Hand unter sein Hemd und streichelte ihm den Rücken.

„Thomas," seufzte sie, „lass uns den Moment genießen und uns in Gedanken in die früheren Zeiten gleiten!"

War das jetzt alles ein Traum? Konnte er mit so viel Zuneigung und Glückseligkeit umgehen? Waren die Gedanken an die frühere Zeit ein Zeichen von Wohlfühlen?

Er ließ sich in Gedanken fallen und fasste sich ein Herz. Er schob seine rechte Hand unter Helena`s T-Shirt und streichelte sie sanft auf dem Rücken.

Sie schauten sich beide in die Augen und küssten sich.

Dieser Moment sollte nie enden, dachte sich Thomas.

Sie lagen sich noch lange in den Armen, bis es kalt wurde und sie zu den Wohnmobilen zurückkehrten.

Er brachte sie zur Tür ihres Wohnmobils und drückte sie noch einmal fest in seine starken Arme.

„Thomas," flüsterte sie ihm leise ins Ohr. „Ich empfand die vergangenen Momente schön mit dir! Ich will gerne davon weiter träumen!"

Sie drehte sich geschickt aus seinen Armen, schloss ihr Wohnmobil auf und verschwand hinter der Tür.

Er war fasziniert von der Vorstellung, dass in den nächsten Wochen vielleicht noch eine größere Annäherung erfolgen könnte.

In seinem Wohnmobil zog sich Thomas für die Nacht um. Das Hemd, unter das Helena gefasst hatte und darauf ihren Körperduft hinterlassen hatte, legte er zum Einschlafen neben sich.

Am nächsten Morgen regnete es plötzlich sehr stark und es dauerte lange bis beide aus ihren Wohnmobilen gekrochen kamen.

Der Wind hatte aus Westen sehr stark aufgefrischt und für einen Temperaturwechsel gesorgt.

So saßen beide dick vermummt in ihren Campingsesseln und genossen den Moment.

Plötzlich sprang Helena auf!

„Thomas, was meinst du. Wollen wir uns ein neues Ziel aussuchen? Hier an der Küste wird es wohl unerwartet etwas ungemütlicher! Die Wetterlage ändert sich schnell!"

Er schaute wieder überrascht, wie er von Helena angesprochen wurde. Mal nannte sie ihn Tom und jetzt wiederum nannte sie ihn Thomas? Aufgrund seiner aktuellen Verwirrung konnte er die Fragen von ihr nicht beantworten.

„Kannst du noch einmal wiederholen, was du zu mir gesagt hast? Ich habe gerade geträumt!“

Helena wiederholte ihre Frage und lächelte ihn dabei an.

„Wohin möchtest du denn?“

Helena nahm ihr Handy und zeigte auf Google Maps die Lage von Santiago de Compostela.

„Das ist ein toller Vorschlag von dir. Damit bin ich sofort einverstanden. Versprich mir aber bitte, dass wir uns mindestens drei Tage Zeit lassen, um diesen heiligen Ort und die Kathedrale zu besuchen!“

Helena nickte zustimmend.

„Ich suche die Streckenführung heraus und schick sie dir gleich per WhatsApp,“ rief sie ihm zu. Sie war schon wieder auf dem Weg in ihr Wohnmobil.

„Das kannst du doch hier raussuchen, Helena!“

„Nein, ich muss noch schnell meine Tochter anrufen. Sie hat mir just im Moment eine Nachricht geschickt!“

Thomas war ab jetzt zwei Stunden damit beschäftigt ihnen ein köstliches Essen aus Meeresfrüchten und Reis zu kochen. Dazu zauberte er einen Salat.

Helena kam zurück und erzählte, dass mit ihrer Tochter alles in Ordnung ist. Sie hätte nur etwas gesucht und ihre Hilfe benötigt.

Sie probierte von den herrlichen Meeresfrüchten.

„Hmmmh, welch ein Genuss. Du kochst großartig.“

Frische Meeresfrüchte direkt vom Fischer zu einem solch opulenten Camper Mahl, das ist schon etwas Besonderes.

Thomas konnte nicht aufhören zu schwärmen. Er gönnte sich dazu ein schönes Glas Rotwein. Helena wollte lieber bei Mineralwasser bleiben.

Im nächsten Moment war er erstaunt, dass der als trocken bezeichnete französische Rotwein leicht lieblich schmeckte.

Vielleicht hing es mit den Gewürzen zusammen, die sie beide für die leckere Soße benutzt hatten.

Egal, dachte er sich. Hauptsache es schmeckt.

Es gab noch ein wenig Ärger mit dem Campingplatzbesitzer, weil sie früher abreisen wollten. Letztlich blieb den beiden nichts übrig als in den sauren Apfel zu beißen und die mehr gebuchten Tage zu fünfzig Prozent zu bezahlen.

Sie fuhren getrennt voneinander in Richtung Santiago de Compostela. Schließlich lagen noch mehr als dreihundert Kilometer Fahrstrecke vor ihnen.

Sie wollten sich am Stellplatz Autocamper Compostela treffen.

Auf der Fahrt dorthin bekam Thomas plötzlich Fieber und seine Haut veränderte sich am gesamten Oberkörper. Die Haut fühlte sich an wie ausgetrocknet, obwohl er aufgrund des Fiebers schwitzen müsste.

Er fuhr an der nächsten Möglichkeit auf einen Parkplatz. Thomas musste sich übergeben. Seine Muskulatur fing an sich zu verspannen. Es fühlte sich an, als wenn er am ganzen Körper Krämpfe hätte.

Mit der Notfallfunktion seines Handys (fünfmal hintereinander die Taste rechts drücken) rief er den Notarzt. Seinen aktuellen Standort sendet das Handy sofort mit. Gleichzeitig mit betätigen des Notrufes erhielt Helena eine Nachricht auf ihr Handy.

Zu mehr war Thomas nicht mehr in der Lage und wurde bewusstlos.

Als er wieder zu sich kam, befand er sich im Hospital von Oviedo. Er war von oben bis unten verkabelt. Die Monitore rechts von ihm piepsten, was das Zeug hielt.

Wo war er?

Thomas drehte im Bett den Kopf nach links und rechts. Er konnte nichts erkennen, weil es auf der Intensivstation des Hospitals im Keller keine Fenster gab.

Nach kurzer Zeit kam ein Krankenpfleger an sein Bett.

„Hola, Como estas?" sagte der Krankenpfleger zu ihm.

Thomas schaute verwirrt an die Decke des Raumes. Er hatte nicht verstanden, was der Krankenpfleger zu ihm gesagt hatte. Es war ein dunkelhäutiger, sehr schlanker Mann.

Er schüttelte den Kopf und gestikulierte mit Armen und Händen, dass er kein Wort verstanden hatte.

„Oh, stimmt ja, sie sind ja deutscher Staatsbürger!"

„Ja!" stammelte Thomas.

„Dann stelle ich Ihnen meine Frage noch einmal auf Deutsch! Wie geht's ihnen?"

Thomas zuckte mit den Schultern.

Dann sprach er den Krankenpfleger an: „Was ist mit mir? Wo bin ich hier und was ist mit mir los?"

„Sie sind mit dem Notarztwagen in die Klinik gebracht worden vor fünf Stunden. Sie hatten hohes Fieber und zeigten am ganzen Körper Anzeichen einer Vergiftung.

Wir haben ihnen den Magen ausgepumpt und ihnen verschiedene Flüssigkeiten über den Katheder zugeführt. Das soll dazu dienen, dass eventuell im Magen verbliebene Giftstoffe aufgelöst werden. Genauso haben wir ihre Leber und Galle mit Antibiotika versorgt!"

„Vergiftet? Ich soll mich vergiftet haben?"

„Das ist sehr gut möglich! Wir haben beim Auspumpen ihres Magens Teile von Meerestieren entnommen!"

Thomas verdrehte die Augen.

„Und wo genau bin ich hier?"

„Sie können sich wirklich an nichts mehr erinnern?"

„Nein, ich erinnere mich nicht. Was ich weiß, dass ich in meinem Wohnmobil gefahren bin und mir plötzlich ganz schlecht wurde. Danach kann ich mich an kaum etwas erinnern!"

„Sie haben selbstständig die Notrufnummer gewählt und ihren aktuellen Standort an die Rettungsleitstelle weitergegeben. Sie sind dann mit dem Rettungswagen zum Hospital in Oviedo gebracht worden."

Thomas zuckte wieder mit den Schultern.

„Übrigens! Oben in der Patientenaufnahme sitzt eine Dame, die angibt ihre Mitreisende zu sein. Sie hat uns eine Generalvollmacht gezeigt, die wir zu Angaben über ihren Gesundheitszustand hier in Spanien leider nicht gelten lassen können."

Thomas spürte etwas Erleichterung in seinen Gefühlen.

War es die Anwesenheit von Helena? Oder war es der Umstand, dass er sich rechtzeitig um Hilfe bemüht hatte?

Todmüde war für seinen aktuellen Zustand noch eine gemäßigte Ausdrucksweise.

„Kann ich die Dame jetzt für fünf Minuten zu Ihnen lassen?"

Thomas nickte. Kurz darauf kam Helena an sein Krankenbett und griff sofort nach seiner linken Hand.

„Tom, was ist mit dir passiert? Ich sah auf dem Weg nach Santiago del Compostela, dass du mir eine Nachricht geschickt hattest. Erst als ich genauer hinsah, wurde mir der Inhalt deiner Nachricht bewusst. Ich habe sofort kehrt gemacht und bin zu diesem Krankenhaus gefahren. Das konnte ich dem übersendeten Live-Standort entnehmen!"

Thomas dreht sich leicht nach links und versuchte Helena in die Augen zu blicken. Aber er war zu schwach und schlief ein.

Helena unterhielt sich mit dem Krankenpfleger und verabredete mit ihm, dass sie morgen noch einmal vorbeikommt, um nach Thomas zu sehen.

Sie wollte sich jetzt erst einmal um das Wohnmobil von Thomas kümmern.

Der Krankenpfleger überreichte Helena die persönlichen Sachen von Thomas, nachdem er sich aufgrund der Vollmacht die nötigen Informationen gegeben lassen hatte.

Sie fuhr zu einem Autohof nahe der Polizeistation. Dorthin hatte die Polizei das Fahrzeug gebracht, nachdem Rettungssanitäter sie über die Situation von Thomas aufgeklärt hatten.

Als sie an dem Autohof ankam, schaute sie nach, ob das Wohnmobil irgendwelche Beschädigungen hatte. Es war ordentlich verschlossen.

Anschließend ging sie zur Polizeistation, um zu erfragen, wie lange das Wohnmobil dort stehen konnte. Zwei Fahrzeuge konnte sie schlecht allein bewegen.

Die Herren von der Policia Local waren sehr freundlich und hilfsbereit.

Mit den Bruchstücken ihrer Spanischkenntnisse konnte sie sich so weit verständigen, dass die Beamten ihr mitteilten, dass das Wohnmobil auf dem abgesicherten Platz bis zu vier Wochen stehen bleiben könnte. So kehrte sie beruhigt zu Ihrem Wohnmobil zurück.

Nachdem Helena die nächste Nacht in Ihrem Wohnmobil verbracht hatte, machte sie sich erneut auf zum Krankenhaus. Sie wollte Thomas gerne über ihre Absprache mit der Polizei informieren.

Sie klingelte an der Türe zur Intensivstation. Eine Krankenpflegerin öffnete die Tür.

Leider konnte die Krankenpflegerin kein Deutsch. Helena erklärte ihr, wer sie ist und wen sie sucht. Sie bediente sich dazu einer Übersetzungsapp.

Die Krankenpflegerin deutete auf die Hinweistafel und auf die Zimmernummern. So erfuhr Helena, dass sich Thomas auf Zimmer 201 auf der Normalstation befand.

Helena bedankte sich freundlich und ging zu Zimmer 201.

In dem Zimmer befanden sich drei belegte Betten. Thomas lag ganz hinten am Fenster. Als er Helena hereinkommen sah, leuchteten seine Augen.

„Ist das schön, dass du von der Intensivstation herunterkonntest und auf der Normalstation gelandet bist," sagte Helena.

„Ja, ich bin auch zufrieden! Mir tut zwar noch jeder Muskel weh. Allerdings bin ich nach dem Gespräch bei der Visite am frühen Morgen sehr beruhigt! Man mich hier großartig versorgt!"

Thomas nahm Helena`s Hand und streichelte mit seinem Daumen über ihren Handrücken und sagte: „Da habe ich wohl vorgestern die falschen Meeresfrüchte gegessen. Es soll eine höhere Menge Arsen in den Meeresfrüchten gewesen sein als normal! So erklärte es mir der Oberarzt. Es sei nichts Ungewöhnliches, das so etwas vorkommt. Natürliches Arsen wird von Meeresfrüchten produziert und vom Menschen, der die Meeresfrucht isst, durch den Stoffwechsel wieder ausgeschieden!"

Sie schaute etwas verwirrt. Wieso gerade Arsen dachte sie?

Thomas fiel sofort auf, dass Helena ein nachdenkliches Gesicht machte.

„Was ist los mit dir?"

„Mit mir? Öh, nix. Ich war nur verwirrt über die Aussage zum Arsen in Meeresfrüchten!"

„Egal Helena, mach dir keine Gedanken. In drei Tagen kann ich das Krankenhaus wieder verlassen. Weißt du etwas von Bolle?“

„Ja, ich war bei der Policia Local. Sie haben dein Wohnmobil auf einen abgeschlossenen Parkplatz in der Nähe der Wache abgestellt. Wir können jederzeit dorthin und es abholen. Aber jetzt werde erst mal wieder fit!“

„Unkraut vergeht nicht. Ich bin zäh wie Leder!“ lächelte Thomas.

Helena erkundigte sich bei ihm noch, ob er frische Wäsche benötigte.

„Ohja, das ist eine gute Idee! Kannst du mir bitte aus meinem Wohnmobil ein paar Kleidungsstücke mitbringen, die ich anziehen kann, wenn ich hier entlassen werde.“

„Aber sicher mache ich das für dich. Hast du einen besonderen Wunsch oder kann ich einfach das nehmen, was mir gefällt?“

„Natürlich, mach dir keine unnötigen Gedanken!“

Helena verließ zufrieden das Krankenhaus und kehrte zu ihrem Wohnmobil zurück.

Puh, dachte sie sich. Das ist gerade noch einmal gut gegangen.

Zwei Tage später konnte sie Thomas aus dem Krankenhaus abholen.

Zurück an seinem Wohnmobil zeigte sich Thomas wieder voller Tatendrang.

„Wollen wir direkt weiterfahren nach Santiago del Compostela?"

„Tom, nun sei nicht so ungeduldig. Lass uns noch ein oder zwei Tage hierbleiben. Die Stadt Oviedo ist schließlich die Hauptstadt des Fürstentums Asturien. So hast du Gelegenheit dich noch etwas zu regenerieren!"

Sie einigten sich auf Ihren Vorschlag!

„Tom, ich muss noch ein wenig am Computer arbeiten. Machst du es dir draußen gemütlich, bitte!"

Sie verschwand in ihrem Wohnmobil, während Thomas direkt nebenan auf seinem gemütlichen Campingsessel Platz nahm.

Langsam erinnerte er sich an die vergangenen Tage. Plötzlich kam ihm wieder einmal einiges merkwürdig vor.

Wie konnte er einen so hohen Arsengehalt in seinem Körper mit sich herumtragen? Warum ausgerechnet führten die Meeresfrüchte zu einer Vergiftung?

Von der Aufnahme von zu viel Eiweiß hatte er gehört!

Er schaute sich die Unterlagen aus dem Krankenhaus an, die man ihm mitgegeben hatte.

Irgendwo in seiner Datensammlung hatte er noch Unterlagen von der letzten Blutuntersuchung, die beim dreijährigen Check-Up ausgewertet wurden.

Zusätzlich zu dieser normalen Blutwertbestimmung ließ sich Thomas seit Jahren noch andere Blutwerte geben, die nicht der üblichen Normuntersuchung entsprachen.

Beim Studium der beiden Untersuchungen fiel ihm auf, dass sich seine Blutgerinnungswerte negativer darstellten als vor einem Jahr.

Ebenfalls wiesen die Tumorwerte in allen Bereichen Werte an der gesunden Obergrenze auf. Das kannte er gar nicht von sich. Er war zwar durch die Krebserkrankung seines verstorbenen Vaters sehr vorsichtig geworden, aber er hatte nie solche Steigerungswerte bei sich feststellen können.

Wie er so in seinem Campingsessel saß, hörte er Helena reden. Sie hatte die Dachluke nicht richtig geschlossen.

Ganz genau konnte er nicht verstehen, was sie sagte. Sie klang sehr aufgeregt in ihrer Stimmlage.

Er hörte wenig, aber dafür Ungewöhnliches.

Seiner Wahrnehmung nach sprach Helena mit einer anderen Frau. Er bekam nur Bruchstücke ihrer Unterhaltung mit.

Worte fielen wie: „Ich schaffe das nicht!" „Es ist mir zu unsicher!" „Lass uns bitte aufhören!"

Thomas konnte sich noch keinen Reim aus den Worten machen.

Plötzlich stand Helena neben ihm. „Na Tom, konntest du dich ausruhen?"

„Ja auf jeden Fall! Sag mir bitte mit wem du eben telefoniert hast. Du hast so ratlos geklungen?"

„Hast du mich belauscht?"

„Nein, auf keinen Fall. Ich habe lediglich Wortfetzen von dir verstanden, da du die Dachluke geöffnet hattest!"

Helena zeigte sich erleichtert. Allerdings blieb sie ihm zum wiederholten Mal eine Antwort schuldig!

Sie wechselte schnell das Thema: „Möchtest du heute etwas Warmes essen?"

Thomas lachte in sich hinein. Was sollte er jetzt antworten? Es ist doch offensichtlich, dass er nach jedem Häppchen lechzte. Hatte er doch nur Dampfkost in den letzten Tagen bekommen.

„Denk du dir was aus. Ich esse alles, außer ………,“ und lächelte dabei.

„Du, sag mal! Hat es alles funktioniert mit der Warenlieferung für euer Gartencenter?“

Helena giftete Thomas an: „Also wirklich Tom, da gibt es doch jetzt wohl bessere Themen!“

„Wieso, es war doch eine rein sachliche Frage mit der Bitte um Auskunft deinerseits!“

„Ja es hat alles funktioniert,“ sagte sie etwas ungehalten.

Nach einer guten Stunde servierte Helena einen Nudelauflauf mit verschiedenen Gemüsesorten.

Sie stellte die Schale auf den Tisch und wollte Thomas gerade etwas auf den Teller legen, da sagte er:

„Das sieht wirklich lecker aus. Genau das richtige Essen für mich zur richtigen Zeit! Lass mal Helena, ich nehme mir schon selbst etwas.“

Thomas drehte die Auflaufform um einhundertachtzig Grad und nahm sich ein paar Löffel Nudelauflauf aus der Form und legte sie auf seinen Teller.

Helena machte keine Anstalten sich etwas auf den Teller zu tun. „Ich bin jetzt nicht mehr hungrig. Ich habe schon innen bei der Zubereitung des Auflaufs genascht."

„Naja, wenn du auf solche Köstlichkeiten verzichten kannst! Schade finde ich es schon!"

Sie schauten sich am nächsten Tag in Oviedo die Altstadt mit dem Bischofssitz und der Kathedrale an. Unglaublich schön wirkten die roten Dachziegel, die auf allen Häusern im Bereich der Altstadt auf den Dächern lagen.

Am nächsten Tag fuhren beide weiter in Richtung Santiago del Compostela.

Der Weg führte durch das wunderschöne Asturien hinein nach Galicien. Beides sind Regionen in Spanien die eine enorme Geschichte in sich tragen.

Als sie Santiago de Compostela erreichten, schien die Abendsonne auf die Altstadt. Ein herrlicher Anblick eröffnete sich ihnen.

Der Stellplatz lag am Stadtrand von Santiago de Compostela. Er hatte eine wunderbare Anbindung an die Buslinien. So konnten beide beruhigt den nächsten Tag angehen.

Helena zog es vor nicht direkt mit ihrem Wohnmobil neben Thomas zu stehen. Sie begründete es mit der geringeren Lautstärke am anderen Ende des Stellplatzes.

Thomas sah Helena noch am Abend spazieren gehen. Brauchte sie eine Ruhephase und wollte gleichzeitig etwas ausspannen?

Er legte sich in sein Bett und las noch etwas über die Stadt Santiago de Compostela und die Gründe, warum genau hier der Jakobsweg endete.

Die Geschichte über Jakobus und seine Gebeine, die hier in der Krypta der Kathedrale liegen, wird heute noch als Sage von vielen Menschen angesehen. Nie sind die gefundenen Gebeine auf ihr Alter und Herkunft untersucht worden. Doch wenn solch eine Information die Pilger aus der ganzen Welt erreichte, so wurde es zu einem heiligen Ort ernannt.

Thomas hatte sich gerade entschlossen das Licht zu löschen, da sah er Helena, wie sie wieder zurück kam auf den Stellplatz.

Hatte er sich vorhin getäuscht? Als sie vom Stellplatz fortging, hatte sie doch eine weiße Jacke an und jetzt eine blaue? Waren die Geschäfte in der Stadt noch auf?

Eine Tüte, in der sich die weiße Jacke befinden konnte, trug sie auch nicht bei sich! Nun ja, dachte er. Ich werde sie morgen einmal danach fragen.

Er löschte das Licht und drehte sich auf die Seite.

Am nächsten Morgen wurde er bereits früh durch den Berufsverkehr, der unmittelbar am Platz vorbeiführte, geweckt. Da hatte Helena wohl einen besonderen Riecher für die Situation auf dem Stellplatz gehabt.

Er machte sich fertig, um nebenan in der kleinen Bäckerei etwas zum Frühstück zu besorgen. Er schrieb Helena eine WhatsApp Nachricht, dass er unterwegs ist und sich keine Sorgen um ihn machen müsste.

Thomas musste nicht weit laufen, um zur Bäckerei zu gelangen.

Er musste nur einmal um den Stellplatz herum gehen und war dann genau auf der Seite, wo Helena mit ihrem Wohnmobil stand. Nur eben außerhalb des Stellplatzes.

Er fand in der Bäckerei eine große Auswahl vor. Besonders hatten es ihm die kleinen, würfelartigen Kuchenstücke angetan.

Er nahm zwei Croissants, zwei kleine Baguettes und eine kleine Schachtel mit den süßen Küchlein.

Als er aus der Bäckerei trat, sah er Helena an ihrer Heckgarage. Er hielt die Brötchentüte hoch und winkte ihr zu. Sie nahm keinerlei Notiz davon. Bestimmt war sie in Gedanken. Laut rufen wollte

Thomas jetzt auch nicht, denn viele andere Camper schliefen bestimmt noch.

Also ging er um den Stellplatz herum, zurück zu seinem Wohnmobil. Er schaute auf sein Handy und sah, dass Helena seine Nachricht noch nicht gelesen hatte.

Helena war immer noch in der Heckgarage in Suchposition.

„Klopf, Klopf!" er beugte sich nach vorne zu Helena.

„Suchst du was?" Helena drehte sich erschrocken um und schaute etwas verzweifelt.

„Ach du bist es, Thomas!"

Er dachte: Die letzten Tage nannte sie mich Tom und heute wieder Thomas?

„Ich suche gerade nach Handtüchern zum Duschen. Ich bin sicher, dass ich sie zuletzt hier hinten in die grauen Kisten gepackt habe!"

Er fasste sich mit Daumen und Zeigefinger ans Kinn. Hatte er nicht selbst nach der letzten Waschaktion in der öffentlichen Waschmaschinen Station ihre Handtücher gefaltet und sie dann bei ihr auf den Beifahrersitz gelegt?

„Helena, ich glaube du solltest mal vorne auf dem Beifahrersitz nachschauen!"

Sie ging nach vorne an die Beifahrertür, öffnete sie und war erleichtert die gesuchten Handtücher hier vorzufinden.

Wieder so eine komische Situation, dachte Thomas und verzog sein Gesicht.

„Helena, ich habe frische Croissants und etwas Süßes für uns beide zum Frühstück geholt. Kommst du gleich zu mir rüber?“

Sie nickte und war schon wieder in ihrem Wohnmobil verschwunden. Von drinnen rief sie raus: „Ich gehe eben noch duschen, dann komme ich zu dir!“

Er ging zu seinem Wohnmobil und stellte Tisch und Stühle nach draußen. Anschließend deckte er den Frühstückstisch und ließ die Kaffeemaschine laufen.

Helena kam nach einer halben Stunde zu ihm ans Wohnmobil und nahm am fürstlich gedeckten Frühstückstisch Platz.

„Ich habe eine Frage an dich! Du bist doch gestern Abend noch vom Stellplatz in den Ort gegangen. Als du den Platz verlassen hast, hast du eine weiße Jacke getragen. Als ich zu Bett ging, sah ich dich zurückkommen und du hast eine blaue Jacke getragen! Habe ich mich getäuscht?“

Sie schaute ernst und lachte dann plötzlich laut los.

„Ja, das war gestern Abend eine herrliche Geschichte. Ich bin noch in eine Bar gegangen, um Musik zu hören und etwas zu trinken. Ich sitze an einem Tisch in der Nähe der Theke und der Kellner stolpert mit dem Tablett voller Getränke. Dabei habe ich auch einiges abbekommen. Ich habe dann im Anschluss meine weiße Jacke ausgezogen und von der anderen Bedienung die blaue Jacke bekommen. Die weiße Jacke kann ich morgen bei Ihnen wieder gereinigt abholen!"

Ihre Erklärung schien ihm plausibel.

Nach dem Frühstück machten sich beide mit dem Bus auf den Weg in die Innenstadt. Die Innenstadt ist sehr malerisch und beherbergt viele Museen und historische Gebäude. Touristisch ist der Ort bis auf den letzten Zentimeter ausgereizt. Besonders rund um die historische Kathedrale von Santiago de Compostela war es schon zum Fürchten voll.

Beide beschlossen sich sofort einzureihen und die Kathedrale zu besichtigen.

Nach fast 2 Stunden waren sie wieder auf dem Vorplatz der Kathedrale. Sie schauten sich um und entschieden sich dazu in den südlicheren Teil der Altstadt zu gehen, um den Menschenmassen zu entfliehen. In einer der vielen kleinen Seitenstraßen fanden sie ein schönes Tapas Lokal „ O gato negro"

Dieser Ausdruck bedeutet „Die schwarze Katze!"

Sie ließen sich an einem der kleinen Tische nieder. Die Bedienung kam sofort heraus und fragte die beiden nach ihren Getränkewünschen. Anschließend zeigte sie auf die große Tafel an der Hauswand.

Auf dieser Tafel waren alle Sorten von Tapas aufgeführt und verschiedene Variationsvorschläge. Die Tapas waren zur Verwunderung der beiden nicht teuer.

Helena wählte drei Tapas aus. Unter anderem mit Garnelen. Thomas hingegen beschränkte sich auf Ei und Fleisch Tapas bei seiner Bestellung.

„Ich gehe mal eben für kleine Jungs," meinte er.

Er schlängelte sich vorbei, an der voller Menschen stehenden Tapas-Theke und suchte die Toilette.

Nach gefühlten fünf Minuten hatte er die Toilette endlich erreicht. Er musste noch warten, da noch zwei Personen vor ihm waren. So drehte es sich noch einmal um. Er schaute in innere der Tapas Bar.

Plötzlich sah er draußen in der Nähe von Helena seinen Mentor Pater Rolf stehen. Es sah so aus, als würde er sich aus geringer Entfernung mit Helena unterhalten. Thomas konnte sich aber auch täuschen, da ihm immer wieder die Sicht nach draußen versperrt wurde.

Jetzt war er endlich dran und konnte die Toilette benutzen. Als er fertig war und wieder durch die Menge der Menschen in der Tapas Bar nach draußen ging, war die männliche Person, die er für Pater Rolf gehalten hatte, nicht mehr da.

Er setzte sich wieder an den Tisch, der schon mit Getränken und Tapas Schälchen gefüllt war.

„Ich habe eben etwas Komisches gesehen. Ich war der Meinung ich hätte Pater Rolf hier links von dir sitzen sehen!"

„Pater Rolf? Der Pater Rolf, von dem du mir erzählt hast?"

„Ja, ganz genau!"

„Ich kenne Pater Rolf nur aus deinen Erzählungen am Anfang vom Namen her! Sie zweigte auf den leeren Stuhl am Nachbartisch: „Da hat ein Herr in der Kleidung eines Paters gesessen!"

„Siehst du Helena, ganz verkehrt kann es nicht sein, was ich gesehen habe! Es sah aus, als hätte er sich mit dir unterhalten!"

„Unterhalten wäre wohl zu viel gesagt. Er hat nur mich und andere hier draußen angesprochen und gefragt, in welche Richtung er zur Kathedrale gehen muss!"

„Na, dass wäre ein schöner Zufall, wenn wir ihn noch treffen würden," sagte Thomas.

Zufrieden aß er seine Tapas und schlürfte am leckeren Rotwein. Schon wieder schmeckte der Wein leicht süßlich, dachte er!

Sie ließen sich beide sehr viel Zeit und gönnten sich noch zwei Stücke dieser ekelhaft süßen Buttercreme Torte, die Thomas beim Durchgehen der Tapas Bar gesehen und bestellt hatte.

„Meinst du, dass ich bald mal wieder mit Saskia sprechen könnte?"

„Warum nicht? Soll ich ihr eine Nachricht senden?"

„Ja mach das! Frag sie mal, ob sie heute Abend noch Zeit hat!"

Thomas und Helena gingen zurück zur Bushaltestelle, um zum Stellplatz zurückzufahren. Am Busbahnhof angekommen setze sich Thomas auf sein mitgeführtes Camper Dreibein Stühlchen. Das kleine faltbare Stühlchen hat er immer bei sich, wenn er längere Zeit irgendwo warten musste.

Schließlich hatte er auch noch die Tasche mit der Fotoausrüstung bei sich.

Er schaute sich ein wenig um und erkannte plötzlich Pater Rolf, wie er mit anderen alten Herrschaften in einen Reisebus stieg.

„Schau her, Helena! Da vorne ist er!"

„Wer?"

„Na, Pater Rolf aus Beuron!"

„Wo, ich sehe nichts."

„Er ist gerade in den Reisebus eingestiegen. Vermutlich ist er mit einigen Pilgern hier in Santiago de Compostela! Ich werde ihn nachher einmal anrufen!"

In diesem Moment kam auch schon ihr Bus zum Stellplatz.

Sie stiegen beiden in den Bus und fuhren zum Stellplatz. Dort angekommen sagte Helena: „Ich lege mich kurz etwas hin. Vorher versuche ich noch Saskia zu erreichen. Ich gebe dir Bescheid, wann sie Zeit für dich hat."

Nach einer halben Stunde rief Helena an.

„Thomas du kannst Saskia ab 18.00 Uhr erreichen!"

„Danke, schön dass du das für mich getan hast!"

„Aber gerne doch! Hast du Lust heute auf ein Gläschen Wein bei mir vorbeizukommen?"

„Ja klar! Sobald ich meine Telefonate erledigt habe, komme ich zu dir!"

Thomas rief kurz nach 18.00 Uhr per Face Time Saskia auf ihrem Handy an.

„Hallo Saskia, wie geht es dir? Was macht der Herbst am Bodensee und ist alles in Ordnung?"

Saskia saß wieder in der Küche. Die Uhrzeit auf der Küchenuhr stimmte allerdings mit der aktuellen Uhrzeit nicht überein. Die Küchenuhr zeigte 14.37 Uhr.

Es fiel Thomas sofort auf.

Saskia antwortete: „Ja, hier ist alles in Ordnung. Allerdings ist es jetzt schon bereits dunkel und der Nebel tut sein Übriges dazu!"

„Ja, dass kenne ich. Zu dieser Jahreszeit ist es besonders früh dunkel und die feuchte Nebelluft, die durch den noch warmen Bodensee entsteht, ist nicht schön.

Du sag mal Saskia! Kann es sein, dass die Batterie der Küchenuhr leer ist. Sie zeigt 14.37 Uhr an?"

Saskia drehte sich um und schaute hinter sich. Sie zuckte mit den Schultern. „Ich schau mir das nachher mal an."

„Saskia, könntest du mir einen Gefallen tun. Geh mal ins Wohnzimmer und schau mal in der untersten Schublade der Kommode, ob dort noch ein großes Objektiv für meine Digitalkamera liegt!"

Saskia schaute etwas nervös um sich.

„Ja, das kann ich gerne nachher für dich machen. Ich ruf dich später noch einmal an!"

Merkwürdig dachte sich Thomas. Sie müsste doch nur kurz aufstehen und ins Wohnzimmer gehen.

„Du kannst auch dein Handy in der Hand behalten und ins Wohnzimmer laufen!"

Es sah so aus, als würde Saskia grübeln.

„Äh ja, dass könnte ich machen. Aber ich komme gerade nicht hoch. Ich habe mir bestimmt einen Hexenschuss zugezogen. Ich werde es nachher machen, wenn sich der Schmerz wieder gelegt hat!"

Thomas schaute ein wenig ungläubig, entschied sich aber Saskia keinen Druck zu machen.

„Alles in Ordnung Saskia, mach es so wie du kannst! Du kannst dich nachher melden!"

Thomas beendete das Videotelefonat mit Saskia.

Jetzt versuchte er Pater Rolf auf seinem Handy zu erreichen. Es klingelte dreimal. Danach meldete sich Pater Rolf, während im Hintergrund Fahrgeräusche zu hören waren.

„Hallo Pater Rolf, hier ist Thomas Lafzik!"

„Ach, Thomas. Welch eine Freude, dass du dich bei mir meldest. Ich bin mit einer Gruppe Pilger in Santiago de Compostela. Wo bist du gerade?"

„Du wirst es nicht glauben, Pater Rolf. Ich bin auch hier in Santiago de Compostela. Ich habe dich heute zweimal von weitem gesehen. Doch jedes Mal warst du wieder verschwunden, als ich versuchte in deine Nähe zu kommen!"

„Das ist ja ein Zufall. Wir sind allerdings schon morgen in aller Frühe wieder auf der Rückfahrt mit dem Reisebus. Und heute Abend haben wir noch ein Abschlussessen mit allen 56 Pilgern! Schade, dass wir uns nicht mehr sehen können!"

Pater Rolf hatte die Frage die Thomas stellen wollte in seiner Antwort schon vorweggenommen.

„Erzähl doch bitte mal, wie es dir bis jetzt ergangen ist?"

„Wir haben bis heute eine schöne Etappenreise hinter uns gebracht. Es gab einen kleinen Zwischenfall bei mir. Ich hatte mir eine leichte Vergiftung durch Meeresfrüchte zugezogen. Leider war ich deswegen drei Tage im Krankenhaus. Jetzt geht es mir wieder gut!"

„Und wie funktioniert die Reise mit Helena gemeinsam?"

„Da bin ich guter Dinge. Obwohl schon einige merkwürdige Dinge in der Zwischenzeit passiert sind." Die Stimme von Thomas hörte sich etwas belegt an.

„Was für merkwürdige Dinge denn, Thomas," fragte Pater Rolf erstaunt nach.

„Naja, wie soll ich es dir beschreiben? Ich persönlich fühle mich freier, als es Helena auf dieser Reise bis jetzt tut. Sie wirkt oft etwas gestresst und wechselt sehr regelmäßig ihren Gemütszustand. Dann hat sie Probleme mit ihrer Tochter, die ihr Gartencenter übernommen hat. Sie benötigte sehr rasch Zwanzigtausend Euro in bar, um die Lieferanten des Gartencenters zu bezahlen. Das Geld habe ich ihr bis zu unserer Rückkehr nach Deutschland zur Mitte nächsten Jahres vorgestreckt."

„Oh, das sind wirklich ein paar ungewöhnliche Entwicklungen! Thomas, weißt du was! Du meldest dich bitte bei mir spätestens alle vier Wochen einmal telefonisch und wir tauschen uns dann in Ruhe aus. Wäre das ein guter Vorschlag?"

„Auf jeden Fall. Ich nehme dein Angebot gerne an."

„Sollte etwas Dringendes sein rufst du mich bitte an oder schreibst mir eine Nachricht!"

„Ja, das mache ich auf jeden Fall. Vielen Dank für deine Unterstützung!"

„Thomas, ich muss jetzt los. Schön, dass du dich gemeldet hast!"

„Gerne doch, bis bald Pater Rolf!"

Er ging nach dem Telefonat zu Helena an ihr Wohnmobil. Sie saß schon draußen und hatte ihren kleinen Campingtisch mit brennenden Kerzen geschmückt. Ein paar kleine Schüsseln mit leckeren Knabbereien zierten den Tisch.

„Setz dich zu mir, Thomas!

Möchtest du ein Glas Wein oder etwas anderes?" Thomas bewegte seinen gespitzten Lippen hin und her.

„Was hättest du denn noch anzubieten außer Wein?"

„Du kannst Orangensaft haben, Zitronenlimonade, Grapefruitsaft, Rhabarberschorle oder stinknormales Mineralwasser!"

Thomas bemerkte, dass Helena schon leicht beschwipst war.

„Ich nehme die Rhabarberschorle!"

Er machte es sich gemütlich im Campingsessel und schaute an den Abendhimmel. Heute war es Sternenklar.

„Du hast doch eben mit Saskia gesprochen, oder?"

„Ja, wir hatten ein kurzes Videotelefonat."

„Sie hatte mir gerade geschrieben, dass du komisch reagiert hättest im Gespräch!"

„Ich? Ich soll komisch reagiert haben? Wie kommt sie darauf?"

„Keine Ahnung, sie hatte mir nur gesagt, dass du nach einem Objektiv für deine Kamera gefragt hast und sie dann aufgrund eines Hexenschusses nicht sofort deinen Wunsch erfüllen konnte!"

„Ach, da hat sie etwas falsch wahrgenommen. Ich habe ihr doch gesagt, sie kann sich Zeit lassen und später nochmal anrufen!"

„Ja das hat sie auch versucht. Aber bei dir war dauernd besetzt!"

„Das kann durchaus sein. Ich hatte im Anschluss an das Videotelefonat mit Saskia, Pater Rolf angerufen. Aber so lange hat das Gespräch nicht gedauert!"

Die Vögel zwitscherten sehr laut.

„Ich soll dir ausrichten, dass sie kein Objektiv für deine Kamera in der Schublade gefunden hat!" Thomas kniff die Stirn in Falten.

„Das ist ja wieder merkwürdig. Ich bin mir sehr sicher, dass ich es dort hingelegt habe!"

„Heute können wir die Frage sowieso nicht klären, weil ich Saskia geraten habe, noch schnell in die Notaufnahme des Krankenhauses zu fahren, um sich eine Spritze gegen die Schmerzen geben zu lassen."

„Hast du Saskia direkt zur Schmieder Klinik geschickt?"

„Ja!" Helena lächelte frech.

„Das ist eine gute Entscheidung. Man weiß nie, was sonst noch für Verspannungen dazu kommen!" Er deutete dabei auf seine Schulterpartie.

„Ich werde ihr schreiben, dass sie morgen noch einmal genau nachschauen soll, ob dein Objektiv eventuell in einer anderen Schublade liegt."

„Das wäre sehr lieb von dir! Ich werde dann abwarten, bis sie sich meldet!"

Er kramte in seinen Hosentaschen. „Hast du meinen Schlüssel gesehen?" Helena zeigte auf den Tisch neben ihm. Dort lagen seine Schlüssel.

„Thomas, was stellst du dir denn vor? Bleiben wir hier noch auf dem Stellplatz? Oder wollen wir weiterfahren?" Drei Fragen von einer Frau gestellt, um ein Thema zu behandeln. Er schmunzelte über seinen Gedanken.

„Das ist nicht einfach. Sagen wir mal so: Das Wetter soll Richtung Süden immer besser werden. Die Stadt ist nicht das, was ich bevorzuge. Wir könnten überlegen, ob wir weiter hinunter fahren nach Portugal oder durch das Landesinnere von Spanien in Richtung Süden!"

„Ich mache dir einen Vorschlag Thomas! Wir haben bis jetzt viele kulturelle Orte besucht, dass ich davon erstmal genug habe. Ich würde gerne mit dir bis nach Porto Covo in Portugal fahren. Bis dahin sind es zwar rund siebenhundert Kilometer, aber in zwei Etappen dürfte es gut zu schaffen sein. Was meinst du?"

„Ja, das wäre eine Möglichkeit. Wie kommst du gerade auf diesen Ort?"

Helena überlegte, wie sie es am einfachsten erklären könnte.

„Ich war vor zwei Jahren in Porto Covo. Ein wunderschöner Campingplatz unweit des Strandes und in der Natur gelegen. Dort können wir mal längere Zeit bleiben." Da hatte sie den inneren Wunsch von Thomas voll getroffen. Er sehnte sich nach Ruhe und mehr Zeit mit Helena.

„Kann ich mir den Campingplatz und seine Lage irgendwo anschauen?"

„Na klar! Er hat eine eigene Webseite."

Thomas suchte auf seinem Handy nach der Webseite. Als er den Campingplatz gefunden hatte, las er sich die Texte geduldig durch.

Der Campingplatz machte einen sehr guten Eindruck und verfügte sogar über einen Pool, der im Winter offen und beheizt war.

„Einverstanden," sagte Thomas zu Helena.

„Wie hast du dir die Fahrt nach Porto Covo vorgestellt? Möchtest du noch einen Stopp in Lissabon machen?"

„Nein, Thomas! Von großen Städten habe ich im Moment genug. Ich würde gerne die Autobahn nutzen und zügig das Ziel erreichen. Aber du kannst gerne so fahren wie du möchtest. Wir treffen uns dann einfach in Porto Covo!"

„Ok, Vorschlag angenommen! Lissabon ist nicht so weit von Porto Covo entfernt. Und wenn ich das Bedürfnis verspüre Lissabon einmal zu sehen, dann kann ich ein Stück zurückfahren, wenn wir länger auf dem Campingplatz in Porto Covo sind."

Helena hatte, während sie miteinander sprachen den Tisch schön geschmückt und mit kleinen Köstlichkeiten bestückt. Sie verbrachten den Abend in aller Gemütlichkeit. Helena schob ihren Campingsessel an Thomas heran, damit sie Ihren Kopf an seine Schulter legen konnte.

„Schau Thomas,“ Helena blickte an den Himmel, „da oben am Himmel funkeln die Sterne hell und heller!“

Sie schmiegte sich an ihn und summte leise das Lied: „La Le Lu, nur der der Mann im Mond schaut zu!“

So vergingen für ihn wertvolle Minuten. Thomas fühlte sich immer besser in der Gegenwart von Helena. Beide verschwanden danach in ihren Wohnmobilen.

Am nächsten Morgen machte Thomas sein Wohnmobil abfahrbereit und ging anschließend zu Helena rüber.

Wieder hörte er Helenas Stimme durch das offenstehende Fenster. Soweit er es verstehen konnte, war es wohl Saskia, die am Telefon war. Er hörte, wie Helena sagte: „Du musst unbedingt das Objektiv für Thomas finden! Er wird sonst noch unruhiger und stellt mir noch mehr Fragen!“

Jetzt wurde es merkwürdig, dachte sich Thomas. Wieso sagte Helena so etwas? Wieso sollte er unruhiger werden und noch mehr Fragen stellen? Die ganze Angelegenheit wurde ihm immer suspekter. Was ging da vor sich?

Hatte er sich vielleicht verhört oder einige der Worte falsch verstanden? Er beschloss für sich, ab sofort aufmerksamer im Umgang mit Helena zu sein. Ganz wichtig wäre auch, dass er Saskia anrufen sollte.

Er ging zurück zu seinem Wohnmobil und verharrte ein paar Minuten auf seiner Wohnmobil Bank. Anschließend versuchte er Saskia telefonisch zu erreichen. Sie meldete sich nicht.

Vielleicht machte er sich zu viele Gedanken. Er ging wieder zu Helena. Sie war gerade dabei die letzten Kleinigkeiten zu verstauen.

„Guten Morgen Helena! Gut geschlafen?"

Sie drehte sich um und lächelte ihn an.

„Ja, ich habe sehr gut geschlafen. Es war gestern Abend einer der schönsten Abende, die ich in der letzten Zeit erlebt habe."

Es klang schwärmerisch in seinen Ohren. Thomas versuchte das Thema zu wechseln.

„Wann wollen wir losfahren?"

„Ach, Thomas das ist egal. Wir fahren sowieso getrennt!"

„Stimmt, so hatten wir es gestern Abend verabredet. Meinst du ich könnte Saskia anrufen und noch einmal nach dem Objektiv fragen?"

„Warte doch bis wir übermorgen in Porto Covo sind. Sollte sie das Objektiv bis dahin gefunden haben kannst du ihr die Adresse vom Campingplatz geben und es dir dorthin schicken lassen!"

Er grübelte und hielt das Kinn zwischen Daumen und Zeigefinger der rechten Hand. Er nickte zuversichtlich.

„Weißt du, Thomas. Sollte auf der langen Strecke auf der das Paket unterwegs ist etwas passieren oder du kommst erst viel später in Porto Covo an, dann wäre das Objektiv nachher weg!"

Diese Argumentation leuchtete Thomas sofort ein.

„Du hast recht, Helena. Ich sollte nichts überstürzen."

„Gut, dann hören wir unterwegs voneinander," sagte Helena.

Helena kam aus ihrem Wohnmobil und nahm Thomas fest in ihre Arme. Sie legte ihren Kopf auf seine Brust und schmiegte sich an ihn.

Thomas, der zwar noch etwas nachdenklich schien, nahm sie in den Arm und streichelte ihren Rücken.

Sie nahm ihren Kopf hoch und drückte ihm einen Kuss auf die linke Wange.

„So, nun lass uns fahren. Bis später!" Sie hüpfte fröhlich los und setzte sich ans Steuer ihres Wohnmobils. Dann brauste sie davon, als wenn sie einen Termin hätte.

Thomas stand da wie ein begossener Pudel.

Was sind das alles für schräge Situationen, fragte er sich.

Erst fand sie die gemeinsame Zeit so schön und jetzt hatte er das Gefühl, dass sie sich darüber freute endlich loszufahren.

Thomas setzte sich in sein Wohnmobil und verließ den Stellplatz in Santiago de Compostela ebenfalls.

Unterwegs versuchte er noch einmal Saskia auf dem Handy zu erreichen. Sie meldete sich wieder nicht.

Er fuhr gemütlich über die Autobahn in Richtung Portugal. Nach vier Stunden hatte er bereits dreihundert Kilometer hinter sich gebracht.

Just in diesem Moment kam eine WhatsApp Nachricht von Helena:

„Saskia hat das Objektiv gefunden. Sie schickt es an den Campingplatz in Porto Covo! Lg Helena."

Thomas schüttelte ungläubig den Kopf. Waren Helena und Saskia im ständigen Kontakt? Je länger die Reise ging, desto merkwürdiger kamen ihm verschiedene Situationen vor.

Zwischen Porto und Coimbra, in dem kleinen Ort Pisao, gönnte sich Thomas eine Pause. Er betrat am Marktplatz ein kleines Cafe und gönnte sich die leckeren portugiesischen Puddingtörtchen mit einem Espresso und einem Glas frischer Milch.

Der Espresso war so stark, dass der kleine Löffel senkrecht in der Tasse stehenblieb.

Es war schön die gut gelaunten Portugiesen zu beobachten. Keine Distanzgespräche wie sie in letzter Zeit in Deutschland stattfinden. Corona Einschränkungen hatten die Verhaltensweisen der Menschen in Deutschland drastisch verändert. Jeder möchte nur noch für sich sein.

Die Portugiesen hingegen machten einen positiven und ehrlichen Eindruck, als sie sich begrüßten.

Nach einer Stunde auf dem Markt, setze er die Fahrt fort. Bis Lissabon waren es noch knapp einhundertachtzig Kilometer.

Auf der weiteren Strecke Richtung Lissabon wurde Thomas auf einmal sehr müde und bekam Kopfschmerzen. Waren es die Temperaturschwankungen, die zurzeit herrschten? Oder war er so schnell müde vom Wohnmobil fahren?

In Santarem, unmittelbar am Fluß Tejo, machte Thomas den nächsten Halt. Er konnte nicht mehr und fühlte sich restlos erschöpft. An diesem Haltepunkt durfte er für 12 Stunden stehenbleiben.

In Portugal ist das Reisen mit dem Wohnmobil durch den Staat deutlich eingeschränkt worden.

Viele Reisemobilfahrer aus verschiedenen Ländern und aller Größenklassen der Fahrzeuge, haben sich in den letzten 10 Jahren wie die Vandalen in Portugal verhalten. Daher ist der Aufenthalt mit dem Wohnmobil für mehrere Tage nur noch auf Campingplätzen erlaubt. Auf ausgezeichneten Parkplätzen innerhalb von Ortschaften darf man bis zu 12 Stunden stehen. Allerdings ohne Campingverhalten zu zeigen.

Thomas legte sich sofort hin und schlief bis zum nächsten Morgen. Die Müllabfuhr weckte ihn gegen sechs Uhr in der Früh. Er machte sich im Bad zurecht für die Weiterfahrt. Die Überlegung, ob er jetzt noch nach Lissabon reinfahren sollte, stellte sich ihm nicht mehr.

Es regnete in Strömen. Das ist in Portugal sehr selten, wird aber von den Einheimischen herbeigesehnt.

Er entschied sich aufgrund des schlechten Wetters, weiter nach Porto Covo zu fahren. Hier wollte er endlich mal eine längere Zeit bleiben und sich gründlich von den letzten Strapazen der Reise erholen.

So fuhr er die restlichen zweihundertfünfzig Kilometer in gemächlichem Tempo und war nach vier Stunden in Porto Covo angekommen.

Thomas meldete sich an der Rezeption. Mit Händen und Füßen, einem gebrochen klingenden Englisch, stellte er sich vor. Der nette Portugiese an der Rezeption hatte alles im Griff.

Nach wenigen Minuten begleitete er Thomas zu seiner Camping Parzelle. Diese lag weit hinten in der südlichen Ecke des Campingplatzes. Thomas hatte den Platz günstig ausgewählt, sodass Helena mit ihrem Wohnmobil sehr gut neben ihn passen würde. Strom und Wasser waren direkt am Platz vorhanden. Er ließ sich eine Karte von der direkten Umgebung an der Rezeption aushändigen.

Aus der Karte konnte Thomas die Wegstrecke zum Strand entnehmen.

Heute fühlte sich Thomas deutlich besser als gestern. Vielleicht ist es doch die Nähe zum Atlantik, die ihn besser durchatmen ließ.

Es tröpfelte ein wenig. Die Wolken rissen langsam auf und er ging zum Strand. Zehn Minuten Fußweg war der Campingplatz vom Meer entfernt. Er fand sofort den direkten Zugang zum Meer. Der Atlantik schien richtig aufgewühlt.

Thomas setze sich in der Nähe der Felsen an den Sandstrand. Er hatte vorsichtshalber seinen kleinen Faltschemel mitgenommen.

Das Wasser des Atlantiks hatte sich deutlich abgekühlt in den letzten Tagen. Achtzehn Grad Wassertemperatur zeigte die Aufschrift auf der Tafel am Strandhäuschen.

Er wagte sich nur mit den Fußspitzen ins Wasser. Brrrr, war das kalt. Er bevorzugte daher wieder den sandigen Strand an der Felswand.

Einen Moment war er unaufmerksam. Da klatschte eine Welle an die Felsen und Thomas war von unten bis oben nass. Lustig dachte er sich! Das könne auch nur ihm passieren.

Es wurde hier im Süden Europas schon früher dunkel. Allerdings immer noch später als in Deutschland. In dieser Jahreszeit beginnt um 17.00 Uhr bereits die Dämmerung in Deutschland. Hier in Porto Covo wurde es gegen 18.00 Uhr dunkel.

Ob Helena noch heute Abend ankommen wird?

Sie hatte sich erbeten, dass er sie unterwegs nicht anrufen sollte. Daran hatte er sich auch gehalten. Bis 22.00 Uhr konnte Thomas sich noch wachhalten, dann versank er in einen tiefen Schlaf. Im Traum begegnete Thomas seiner Ex-Frau, Helena, seinen neuen Nachbarn und seinem alten Chef.

Alle, bis auf Helena, haben Thomas versucht im Traum zu bedrängen. Genau konnte sich Thomas am nächsten Morgen nicht an alle Einzelheiten erinnern.

Er ging vor dem Frühstück wieder zum Strand. Diese Aussicht, diese Fülle von Eindrücken der Ruhe, gigantisch! Die Eigenschaften der Naturgewalten und die anderen Eindrücke, waren für ihn an diesem Ort miteinander verbunden.

Thomas las am Strand eine Informationstafel.

Der Informationstafel konnte er entnehmen, das Porto Covo über sieben schöne Sandstrände verfügte.

Das Schöne daran war, dass alle Strände in geringem Maße den Strömungen des Atlantischen Meeres ausgesetzt waren. Weit vor den Stränden ragten natürliche Wellenbrecher aus dem Wasser. Vielleicht besaß er genug Zeit, um alle Strände zu besuchen.

Die leichte Brandung klang in seinen Ohren wie Musik. Er träumte von schönen Zeiten. Fast wäre er dabei wieder eingenickt. Ein kleiner roter Krebs war auf seinen rechten Fuß geklettert und hatte für seine Aufmerksamkeit gesorgt. Thomas nahm das kleine Meerestier auf seinen linken Handrücken. Er betrachte den kleinen roten Krebs, wie dieser nach Halt suchte.

Es sind schon vielfältige Lebewesen auf unserem Planeten unterwegs. Er nahm den kleinen roten Krebs in die rechte Hand und legte ihn sorgfältig auf dem Sandboden ab. Sofort krabbelte er in Richtung Felsen.

Langsam ging Thomas zurück zum Campingplatz. Von den wenigen Campern, die sich hier Mitte November aufhielten, erfuhr er im Gespräch, dass diese Jahreszeit zu den schönsten und ruhigsten hier an der portugiesischen Küste gehört.

In Thomas steigerte sich das Gefühl von Urlaub. Rund um sein Wohnmobil richtete er sich eine kleine Wohnlandschaft ein. Er packte seine neu erworbene Außenküche aus. Trotz seiner linken Hände schaffte er es, die Außenküche aufzubauen. Im Grunde war es nur das Entfalten des Stoffkörpers und das Einsetzen der Zwischenböden. Schon stand sie da, die Außenküche!

Nun war es ein Einfaches, den Zweiflammen Grill darauf zu stellen. In die Fächer darunter räumte er einige Utensilien, die er zum Grillen und Kochen benötigte.

Er stellte seine gemütlichen Sessel raus und einen kleinen Tisch. Danach fuhr er die Markise aus und verzurrte diese mehrfach. So konnte die Markise dem kräftigen Wind standhalten.

Er stellte ein schönes Windlicht auf den Tisch und befestigte mit kleinen Haken eine Lichterkette an der Kederschiene seiner Markise.

Als er mit allem fertig war, begann er mit der Zubereitung seines Spätfrühstücks. Unterwegs vom Strand zum Campingplatz hatte er sich aus einer Bäckerei ein paar kleine Baguettes mitgebracht und vom kleinen Konsum nebenan frische Früchte und Joghurt.

In der ganzen Zeit hatte er nicht einmal auf sein Handy geschaut. Erst nach dem Frühstück nahm er es in die Hand, um zu sehen, ob neue Nachrichten für ihn vorhanden waren.

Es gab nur einen einzigen Hinweis. Helena hatte versucht, ihn telefonisch zu erreichen und hatte ihm dann per WhatsApp mitgeteilt, dass sie wie immer etwas verspätet ankommen würde. Als Grund nannte sie, dass sie eine Bekannte auf dem Weg nach Porto Covo angeschrieben hätte. Mit ihr hatte sie sodann vereinbart sich gemeinsam außerhalb von Lissabon zu treffen.

Thomas machte sich schon lange keine Gedanken mehr über Terminänderungen bei Helena. Er wusste das sie irgendwann eintreffen würde.

Nach dem Spätfrühstück machte er sein E-Bike bereit, um damit zu einem der weiter entfernten Strände zu fahren.

Seine Uhr zeigte schon 14.10 Uhr. Daher änderte er kurzfristig seinen Plan und radelte zum Playa Buizinhos.

Einem der schönsten Strände von Porto Covo. Der Strand war ebenfalls eingerahmt von hohen Felsen. Das führte dazu, dass der Atlantikwind hier wenig ausrichten konnte. Da der Ort Porto Covo nicht weit von diesem schönen Strand entfernt war, tummelten sich hier einige Pärchen unter ihren mitgebrachten Sonnenschirmen. Tummelten, war vielleicht nicht der richtige Begriff. Eher war es ein Dauerkuscheln, wie Thomas aus der geringen Entfernung erkennen konnte. Er ging weiter an einer Felsenwand entlang zum Wasser. Dort entdeckte er einen kleinen Durchgang zu einem direkt anschließenden Sandstrand. Er wollte wissen, was sich hinter diesem Durchgang befand und kroch, da der Durchgang sehr niedrig war, unter den Felsen hindurch.

Upps, dachte er, als er sich aufrichtete. Da hatte er wohl den FKK-Teil des Strandgebietes entdeckt. Erst bei genauem Hinsehen fiel ihm auf, dass hier nur nackte Männer am Strand lagen oder saßen. Das war ihm im ersten Moment etwas unangenehm, sodass er sofort wieder durch den kleinen Durchgang zurück zum Hauptstrand krabbelte.

Er breitete seine Decke aus, blies sein kleines Luftkopfkissen auf und legte sich in die Sonne. Ach, war das schön hier zu liegen und dem Rauschen der

Wellen zuzuhören. Er schaltete vollkommen ab und versank in einen kleinen Schlaf.

Durch die sich langsam im Westen senkende Sonne war es kühler geworden und Thomas wurde wieder wach. Er sah sich um und stellte fest, dass er fast allein am Strand war.

Er packte seine Sachen zusammen und ging zurück zu seinem E-Bike.

Zu seinem Entsetzen war das E-Bike nicht mehr da. „Ohje, auch das noch", murmelte Thomas vor sich hin.

Plötzlich rief ihm eine männliche Stimme zu: „Ola, Senor, colocamos sua bicicleta em seguranca! Venha comigo."

Thomas hatte kein Wort verstanden. Sehr wohl hatte er an den Gesten des Mannes erkannt, dass es um sein E-Bike ging und er mitkommen sollte.

Thomas ging zu ihm hin und erklärte, dass er kein Portugiesisch sprechen könnte, sondern nur Englisch. Der nette Mann nickte und machte ihm weiter Zeichen, dass er mitkommen sollte. Sie gingen zu einer kleinen Bar etwas oberhalb des Strandes.

Dort angekommen, ließ ihn der nette Mann an einem Tisch Platz nehmen. Wenige Augenblicke später kam ein braungebrannter, gutaussehender Mann zu ihm an den Tisch.

„Senor, mein Name ist Augusto. Wir haben uns erlaubt ihr E-Bike hier bei uns unterzustellen. Hier am Strand sind leider immer zwielichtige Gestalten unterwegs und suchen nach Dingen, die sie zu Geld machen können. Unter anderem sind hier in den letzten Jahren einige E-Bikes von unseren Gästen gestohlen worden!"

Thomas fiel ein Stein vom Herzen. Was ist ihm bloß durch diese freundliche Geste erspart geblieben? In seinem Kopf surrten die Gedanken, Polizei, Versicherung, Papierkram und so weiter! Ein hin und her der negativen Gefühle.

„Wie kann ich mich bei Ihnen für Ihre Aufmerksamkeit bedanken?"

„Bleiben Sie einfach ein wenig bei uns. Genießen sie ein paar Spezialitäten aus unserer kleinen Küche!"

„Natürlich mache ich das. Setzen Sie sich doch zum mir, Augusto! Darf ich Ihnen einen Wein spendieren?"

„Etwas später vielleicht. Ich habe noch in der Küche zu tun. Heute erwarte ich noch einige Gäste, die unsere spezielle Küche lieben."

Thomas überlegte kurz. Hatte er genug Geld bei sich? Er wollte jetzt nicht knauserig sein und sich den Abend etwas kosten lassen.

„Augusto, ich bin nur zum Ausruhen an den Strand gefahren. Deswegen habe ich fast kein Bargeld bei mir und auch keine Karte, mit der ich bezahlen könnte. Ich würde gerne zu meinem Wohnmobil fahren, um mich dort umzuziehen und meine Geldbörse holen. Wäre das für Sie in Ordnung?"

„Machen sie sich keine Gedanken. Sie können hierbleiben und in Ruhe etwas trinken und essen. Bezahlen können sie morgen bei mir!"

„Das ist ein toller Vorschlag!" Thomas fühlte sich ein wenig Unwohl in dieser Situation. Aber er erkannte, dass er die Gastfreundschaft von Augusto annehmen konnte.

„Ok, ich bleibe hier. Erlauben Sie mir bitte ihnen und ihrem netten Personal etwas auszugeben!"

„Ja, das dürfen Sie gerne. Übrigens können wir uns gerne beim Vornamen nennen und Du zueinander sagen! Wie ist dein Name?"

„Mein Name ist Thomas. Sehr freundlich von dir Augusto, dass wir uns duzen können!"

„Thomas? Was darf ich dir bringen?

Ich kann dir zum Anfang einen leckeren Aperitif und ein paar kleine Knabbereien empfehlen!"

„Das hört sich großartig an! Ich lasse mich überraschen."

Er lehnte sich im gemütlichen Ratan Sessel zurück und schaute von der Terrasse hinaus auf den Atlantik. So beobachtete er, wie die Sonne langsam am Horizont im Atlantik versank.

Während dessen hatte ihm der Kellner einen Aperitif und kleine frittierten Geheimnisse serviert.

Er probierte den Aperitif und war verliebt in diesen Geschmack eines Portweins.

So samtig wie dieser Portwein schmeckte, so sanft begegnete ihm die Umgebung.

Die kleinen frittierten Geheimnisse waren verschiedene Gemüse mit einem feinen Teig ummantelt. Das Gewürz in der dünnen Panade war köstlich.

Augusto kam nach kurzer Zeit an den Tisch und erkundigte sich bei Thomas, ob es ihm geschmeckt hat.

„Fantastisch, so einen leckeren Portwein und so großartige kleine Köstlichkeiten habe ich noch nie zu mir genommen!"

„Darf ich dir die nächste Köstlichkeit aus unserer kleinen Küche zubereiten?“

Thomas bekam kein Wort heraus und nickte nur zustimmend.

Kurze Zeit später kam der Kellner mit einem großen ovalen Teller und servierte Thomas einen gegrillten Fisch, der aussah wie eine Goldbrasse. Umlegt war der Fisch mit frischen gedünsteten Gemüsesorten.

„Köstlich!“ Thomas verdrehte die Augen vor Glück.

Er trank zum Fisch einen schönen Weißwein und frisches Wasser.

Augusto kam leider nicht mehr zu ihm. Sein kleines Restaurant hatte sich bis auf den letzten Platz gefüllt.

Als der Kellner kam, verlangte Thomas kurz nach Augusto. Doch der Kellner konnte ihm leider nicht weiterhelfen. Es war Thomas unangenehm hier zu sitzen und diese Köstlichkeiten zu genießen, ohne sich dafür bedanken zu können. Also blieb er sitzen und trank noch ein paar kleine Gläser Portwein, ohne zu wissen, dass dieser im Blut kräftig wirkt.

Gegen 22.00 Uhr kam endlich Augusto wieder aus seiner Küche und setzte sich kurz zu Thomas an den Tisch.

„Hat er dir gut geschmeckt, Thomas?“

„Ja, es war alles sehr, sehr lecker und ich fühle mich großartig! Vielen Dank für deine große Gastfreundschaft. Es ist mir peinlich, dass ich jetzt nicht bezahlen kann!"

„Mach dir keine Gedanken. Komm morgen oder übermorgen wieder vorbei. Dann kannst du deine Rechnung bei mir bezahlen!"

„Vielen Dank, das ist wirklich eine Freude für mich in dein schönes Restaurant zu kommen! Kannst du mir bitte sagen, wo ich mein E-Bike finde?"

„Ja, es steht direkt rechts hinter dem Haus. Sei aber bitte vorsichtig. Ich habe gesehen, dass du einige Gläschen Portwein getrunken hast. Portwein hat die Eigenschaft einem die Knie weicher werden zu lassen!"

Augusto begleitete Thomas bis zur Tür und verabschiedete ihn, bevor er wieder in seiner Küche verschwand.

Jetzt spürte Thomas auf einmal, was Augusto gerade über den Portwein gesagt hatte. Die Knie waren schön weich und auch sonst drehte sich die Welt um ihn herum ein wenig.

Er schloss sein E-Bike auf und führte es langsam zum Campingplatz. An aufsteigen war nicht zu denken. Er würde auf der anderen Seite direkt wieder absteigen. Sein Heimweg zum Wohnmobil dauerte in der

Dunkelheit länger als gedacht. Am Wohnmobil angekommen, schaffte Thomas es, sein E-Bike abzuschließen und fiel in sein Bett.

Am nächsten Morgen wachte Thomas sehr spät auf. Es war schon nach elf Uhr morgens.

Sein Kopf fühlte sich doppelt so groß an wie normal. Er schaute durch das Seitenfenster nach draußen. Alles schien in Ordnung zu sein. Sein E-Bike stand abgeschlossen unter der Markise und seine Klamotten lagen verteilt auf dem Boden vor dem Wohnmobil.

Hatte er sich gestern noch draußen seiner Klamotten entledigt? Er konnte sich an nichts erinnern.

Er schaute auf sein Handy und sah, dass Helena versucht hatte ihn zu erreichen.

Unzählige WhatsApp Nachrichten mit Fragestellungen wie: Wo bist du? Was machst du? Warum meldest du dich nicht? Ruf doch bitte mal an!

All diese Fragen schienen ihm im Moment lästig zu sein.

Er quälte sich zu einer kurzen Nachricht per WhatsApp: „Es geht mir gut. Ich bin müde, melde mich später!"

Selbst diese kurze Nachricht hat ihn so viel Kraft gekostet, dass er sich sofort wieder in seinem Bett umdrehte und weiterschlief.

Langsam erwärmte die Mittagssonne das Wohnmobil von Thomas. Von herunterlaufenden Schweißperlen geweckt, schoss er aus dem Schlaf hoch. Was war geschehen?

Ein bisschen erinnerte er sich an den gestrigen Abend. Es wurde immer deutlicher, dass er ganz schön in Augusto's kleinem Restaurant versackt war.

Wie Schuppen fiel es ihm von den Augen, als er sich an Augustos Worte zur besonderen Wirkung des Portweins erinnerte.

Wahrlich hatte das Tröpfchen auf ihn eine starke Wirkung ausgeübt. Er lächelte bei dem Gedanken.

Für einen kurzen Moment begab er sich nach draußen. Nur wenige Augenblicke später musste er sich wieder setzen. Waren seine Knie immer noch weich?

Nein, es war eher sein Kreislauf! Dieser musste dringend wieder auf Vordermann gebracht werden.

Er gönnte sich eine lange Dusche. Mal warm, mal kalt, immer im Wechsel.

So langsam kam wieder eine gute Durchblutung in seinen wichtigsten Körperteilen zustande. Jetzt noch viel trinken und der Tag kann, in seiner übrig gebliebenen Kürze, genutzt werden.

Mit seinem E-Bike fuhr er am späten Nachmittag zu Augustos kleinem Restaurant. Es schien zuerst niemand dort zu sein. Bis er ein Räuspern aus dem Keller hörte. „Augusto! Bist du da?" Es entstand eine kleine Pause, bis er die Stimme von Augusto aus dem Keller hörte: „Ja, ich bin da. Ich komme gleich hoch!"

Mit einem Grinsen auf dem Gesicht kam Augusto aus dem Keller.

„Ola, Thomas! Na, bist du gut zurückgekommen. Wir hatten uns schon Sorgen gemacht, ob du gut auf dem Campingplatz angekommen bist!"

Thomas schaute erstaunt. „Wieso?"

Augusto legte Thomas seine Rechnung vor.

„Deswegen! Schau mal wieviel Portwein du gestern Abend getrunken hast. Der erste Portwein ging aufs Haus. Die restlichen 14 Gläser hast du dir so nach und nach bestellt. Es sind zwar immer nur 0,1 Liter, aber bei 22 Volumen Prozent haut das auch den stärksten Mann um!"

Thomas rieb sich die Augen. Er konnte es gar nicht fassen, dass der Portwein ihm so gut geschmeckt hat.

„Es ist wirklich ein hervorragendes Tröpfchen. Er gleitet so weich und samtig die Kehle hinab, dass man ihn nicht mehr missen möchte!"

„Ja, Thomas! Er kommt direkt im Fass vom Erzeuger zu uns. Viele unserer Gäste schwören auf dieses Tröpfchen. Allerdings wissen die bereits, dass 5 Gläschen schon einen ordentlichen Schwips hervorrufen!"

Thomas sah wie Augusto schmunzelte.

„Jetzt werde ich erst einmal meine Rechnung von gestern bei dir begleichen und mich daran erfreuen, welch schöner Abend es bei dir gewesen ist."

Er zahlte seine Rechnung und verabschiedete sich bis zum nächsten Tag bei Augusto. Heute war er nicht mehr dazu in der Lage sich irgendwo länger aufzuhalten als nötig. Er wollte nur noch in seinen Sessel und sich in der Sonne ausruhen.

Thomas fuhr zurück zum Campingplatz und setzte sich in seinen bequemen Sessel. Sein Handy leuchtete auf. Eine WhatsApp Nachricht von Helena wurde angezeigt mit dem Text: „Hi Tom, komme gegen 19.00 Uhr in Porto Covo am Campingplatz an. Ich freue mich auf dich! Liebe Grüße Helena.

Er lehnte sich zurück und schaute auf seine Uhr. Ihm blieben noch zwei Stunden bis zur voraussichtlichen

Ankunft von Helena. Er schloss die Augen und träumte vor sich hin. Bald schlief er tief und fest ein.

Eine weiche Hand an seiner Wange weckte ihn auf. Vor ihm stand Helena und lächelte ihn an. „Das sah so süß aus, wie du hier geschlafen hast. In deinem Gesicht konnte ich immer wieder ein Lächeln erkennen.“

„Wie, wie spät ist es? Bist du schon lange hier?“

„Ja, ich bin vor einer guten Stunde hier angekommen und habe mein Wohnmobil neben deinem geparkt. Du hast so fest geschlafen, dass ich dich nicht aufwecken wollte. Erst als deine Augenlider immer deutlicher gezuckt haben, dachte ich, dass du jetzt langsam wach wirst.“

„Ich war fürchterlich müde nach dem gestrigen Abend bei Augusto!“

„Wer ist Augusto?“

„Augusto hat in der Nähe des Strandes ein kleines Restaurant. Dort habe ich fürchterlich gut gegessen und bin anschließend genauso fürchterlich versackt.“

„Wie, du bist versackt? Du trinkst doch kaum Alkohol?“

„Es war ein ernster Grund, der mich dazu verführt hatte, ein paar Gläschen Portwein zu trinken.“

Thomas erzählte Helena die ganze Geschichte. Sie hielt sich die Hand vor dem Mund als Thomas ihr erzählte, welche Mengen Portwein er getrunken hatte.

„Mein Gott, dass darf ich mir nicht einmal vorstellen, wie es dir ergangen sein muss! Nach so viel Portwein wäre ich mindestens eine Woche außer Gefecht!"

„Hahaha", antwortete Thomas.

„Aber lecker war er trotzdem!"

„Ich gehe davon aus, dass wir heute nicht mehr an den Strand gehen, oder?"

„Tut mir leid, Helena! Ich schaffe das heute nicht mehr. Es wäre für mich nur eine Quälerei. Lass uns hierbleiben und den Abend genießen!"

„Für mich ist das kein Problem, Tom!"

Zack, da war es wieder. Warum nannte sie mich heute wieder Tom? In Santiago de Compostela hatte sie mich die ganze Zeit Thomas genannt!

Er schaute Helena ganz genau an. Haare, Lippen, Wangen, nichts ließ auf ungewöhnliche Veränderungen schließen. Beeindruckt war er immer über die Ausstrahlung und von ihrer Augenfarbe.

Das war es! Genau, das war es! Helena hatte in Santiago de Compostela grüne Augen und jetzt waren sie braun! Trägt Helena farbige Kontaktlinsen?

„Tom, was ist los mit dir? Warum schaust du durch mich hindurch?"

„Ich, äh nein, ich überlege nur, was wir heute Abend essen wollen. Ich habe verschiedene Kleinigkeiten bei mir im Wohnmobil", lenkte er sie mit seinen Gedanken in eine andere Richtung.

„Im Kühlschrank habe ich noch kleine Dips, etwas Gurke, Paprika, Peperoni und frische Oliven. Wollen wir es uns damit gemütlich machen. Ich hole vorne an der Rezeption noch zwei frische Baguettes?"

„Eine gute Idee von dir, Tom!"

Er bewegte sich langsam in sein Wohnmobil und holte die Köstlichkeiten aus seinem Kühlschrank.

Helena ging indessen zu ihrem Wohnmobil und holte Holzteller und Holzschälchen aus Ebenholz. Sie deckte den kleinen Tisch ein und ließ sich gemütlich in einen von Thomas bequemen Sesseln fallen. Ihre langen schönen Beine schwang sie über die Lehne des Sessels.

„Erzähl mal von dir. Wie war es bei deiner Bekannten?"

„Wir hatten eine Menge Gesprächsstoff.

Meine Freundin hatte sich vor zwei Jahren in einen Portugiesen verliebt! Genau als wir hier auf unserer Wohnmobil Tour in der Nähe von Lissabon waren. Damals hatte sie sich nach einigen Tagen dazu entschlossen bei ihm zu bleiben. Im ersten Moment war ich sauer, weil wir die Tour gemeinsam geplant hatten. Aber nach ein paar Tagen ging es mir wieder besser und ich fuhr allein weiter.

Die große Liebe war nur von kurzer Dauer und heute sitzt sie hier in Portugal fest. Sie hat sich einen Job in einem Media Center besorgt und berät von hier aus deutsche Kunden für den ADAC in Portugal zu verschiedenen Fragestellungen. So eine Art zentralisierte Nothilfe für gestrandete Urlauber und Reisende aller Art."

„Das klingt interessant. Will sie zurück nach Deutschland?"

„Von „Wollen" ist nicht die Rede. Sie könnte es sich finanziell nicht leisten. Also hat sie sich vorläufig damit abgefunden in Portugal zu bleiben."

„Ein sehr harter Weg!"

„Sicherlich ist es ein sehr harter Weg. Aber sie kam mit dem Leben in Deutschland nicht mehr klar. Sie wollte nur weg. So fand sie für kurze Zeit hier ihre große Liebe. Sie hat ihr Wohnmobil verkauft und sich eine Wohnung gemietet. Inzwischen hat sie sich offiziell als Residentin in Portugal angemeldet. Was große steuerliche Vorteile hat. Aber die Gehälter sind hier auch deutlich niedriger als anderswo.

Im Grunde dreht sie sich im Kreis. So, wie es bei allem ist, wird sie ihren Weg nach einiger Zeit wieder machen. Es ist einfach die Liebe, die sie noch hier hält. Die will sie immer noch nicht aufgeben."

„Wie würdest du denn mit solch einer Situation umgehen, wie sie deine Freundin erlebt hat?"

„Ach Tom, die Frage stellt sich doch für mich nicht. Ich habe meinen Lebensabend anders geplant und versuche mich immer über jeden neuen Tag zu freuen. Noch bin ich gedanklich an mein altes Geschäft gebunden. Es wird noch einige Zeit dauern, bis meine Tochter den gesamten Durchblick in der Branche hat. So lange bleibt bei mir immer noch ein Stück von meinem alten Leben."

Helena schaute traurig an den Abendhimmel. Langsam erhellten sich die Sterne.

Bei der der nächsten Frage von Thomas erschrak Helena! „Sag Helena, trägst du farbige Kontaktlinsen?"

„Wie kommst du darauf?"

„Ich habe dich heute so verwundert angeschaut, weil ich der Meinung bin, dass du in Santiago de

Compostela grüne Augen hattest, und jetzt sind sie braun!"

Man sah Helena an, dass sie etwas nervöser wurde. Sie fasste sich schnell und antwortete Tom: „Du alter Charmeur! Schaust du mich so genau an? Ja, ich trage wirklich farbige Kontaktlinsen!"

„Ist das nicht unangenehm?"

„Nein! Es sind weiche Kontaktlinsen, die ich 8-12 Stunden tragen kann. Deshalb habe ich des Öfteren eine andere Augenfarbe!"

Aus dieser Situation ist Helena gut rausgekommen! Jetzt wechselte sie schnell das Thema.

„Sag mal, Tom! Was wollen wir in den nächsten Tagen machen?"

Er beugte sich zu Helena herüber und nahm ihre linke Hand. Seine Lippen formten sich zu einem Kussmund und er lächelte sie dabei an.

„So ganz genaue Vorstellungen habe ich nicht. Ich würde gerne mit dir ein paar Tage hier verbringen und mit dir gemeinsam alle Strände entlang der Küste von Porto Covo besuchen. Wäre das ein guter Vorschlag?"

Helena beugte sich ebenfalls nach vorne, formte ihre Lippen zu einem Kussmund und strahlte ihn an.

„Jaaa, das ist eine großartige Idee.“

Sie träumten weiter in den nächtlichen Abendhimmel hinein. Die Sterne funkelten und weit oben sah man Satelliten wie an einer Schnur gezogen vorbeiziehen. Er hatte jetzt ein wenig das Gefühl, dass Helena ihn doch etwas mehr mochte. Mal sehen, wie es sich weiterentwickelt.

Am nächsten Morgen schnappten sich beide ihre E-Bikes und fuhren an den Strand, den Thomas zuletzt besucht hatte. Sie stellten ihre E-Bikes hinter das Restaurant von Augusto und gingen hinunter an den Strand.

Es war Samstag und der Strand füllte sich bis zum Mittag sehr schnell. Viele Einheimische waren gekommen, um mit ihren Surfbrettern draußen auf den Atlantik zu paddeln und ein paar Wellen zu erwischen. Die Wellen waren gerade hier besonders stark. Heute war es sehr warm in der Sonne. Helena reichte Thomas die gekühlte Thermosflasche rüber.

„Probiere mal Tom! Da ist ein neuer Energy Drink drin. Den Energy Drink hat mir meine Bekannte in Lissabon gegeben. Wenn er dir schmeckt, behalte die Flasche bei dir. Ich habe mir eine zweite Flasche gefüllt.“

Er trank einen Schluck und war begeistert. Ein leicht süßlicher Geschmack und doch sehr fruchtig.

„Nach welcher Frucht schmeckt es?" fragte Helena.

„Das kann ich nicht genau sagen!"

„Nimm noch einen Schluck und dann versuche mal die Frucht zu bestimmen!"

„Es schmeckt ein wenig nach Maracuja!"

„Du bist nah dran, Tom!"

„Was könnte es sonst sein?" Thomas schaute fragend in Richtung Helena.

„Es ist die Passionsfrucht!"

„Oh, das hätte ich nie erraten!"

„Die Passionsfrucht enthält viele Vitamine und Bitterstoffe, die dafür sorgen, dass sich dein Immunsystem besser stabilisiert."

„Dann werde ich mal meine Energie stärken. Wer weiß wozu ich sie noch benötige?" Süffisant lächelte er Helena dabei an.

Leider konnte Thomas nicht wissen, dass es für lange Zeit die letzten Worte von ihm waren. Nach wenigen Minuten sackte er in sich zusammen und fiel auf die Seite. Es schien, als sei er ohnmächtig geworden.

Helena wusste im ersten Moment nicht, was sie tun sollte. Sie rief um Hilfe. Einige Strandbesucher kamen herbeigelaufen und legten Thomas in die stabile

Seitenlage. Ein junger Mann rief mit seinem Handy den Notarztwagen herbei.

Als nach unendlich langen zehn Minuten der Notarzt an den Strand gelaufen kam, sah Thomas schon kreidebleich aus und atmete nur ganz flach.

Helena war unruhig und schien völlig aufgelöst.

Der Notarzt kümmerte sich um Thomas. Er legte ihm alle Messdioden an und setzte die Messgeräte für Herz- Kreislauf und Sauerstoff in Betrieb. Anschließend gab er ihm eine Spritze. Der Notarzt schaute sich seine Augen an und machte einen Gesichtsausdruck, der nichts Gutes zeigte.

Thomas wurde von Sanitätern in den Rettungswagen gebracht. Im Rettungswagen entschied sich der Notarzt zum Hubschrauber Transport nach Lissabon in die dortige Universitätsklinik.

Ein Sanitäter sagte Helena auf Englisch, dass er einen Pass und die europäische Krankenkarte von Thomas benötigte. Helena deutete dem Sanitäter, dass sie sich darum kümmert und ließ sich die Adresse der Uni Klinik geben.

Thomas wurde mit dem Hubschrauber abtransportiert.

Helena drehte sich um und verschwand in Richtung Campingplatz. Eine junge Frau hatte ihr geholfen das E-Bike von Thomas hinterher zu bringen.

Thomas kämpfte derweil um sein Leben. Alles deutete auf immer größeres Organversagen durch eine Vergiftung hin. Die Ärzte legten Thomas in ein künstliches Koma, da sein Kreislauf immer wieder instabil wurde. Das alles in der Hoffnung, dass Thomas genug Kraft hätte, den endgültigen Absturz in die Endlichkeit zu vermeiden.

Im Krankenhaus versuchte das Personal vergebens Helena auf ihrem Handy zu erreichen. Es existierte aus Kontakten mit den Sanitätern nur der Name Thomas und diese Telefonnummer. Er trug keine weiteren Informationen bei sich. Keine Geldbörse, kein Handy, keine Schlüssel und auch sonst keinen Identitätsbeweis.

Wie es in solchen Fällen üblich ist, hatte die Klinikleitung die Kriminalpolizei informiert. Die Kriminalpolizei forderte bei der portugiesischen Staatsanwaltschaft die Erlaubnis an, Blut – und DNA-Proben von Thomas zu nehmen und auszuwerten, um seine Identität herauszufinden.

Die portugiesische Staatsanwaltschaft wiederum, setzte sich mit dem deutschen Konsulat in Lissabon in Verbindung, um so eine Möglichkeit zu bekommen in Deutschland Bilder von Thomas zu veröffentlichen. Sie mussten mehr zur Identität von Thomas erfahren.

Die kriminologische Kleinarbeit in Portugal hatte bisher keine verwendbaren Hinweise erbracht.

Auf dem Campingplatz hatten die Nachforschungen der Kriminalpolizei ebenfalls keine neuen Erkenntnisse ergeben.

Der Betreiber des Campingplatzes hatte sich keine Angaben von Thomas bei seinem Eintreffen notiert. Er sagte, dass er mit Thomas vereinbart hätte, mit der Anmeldung abzuwarten, bis seine Begleitung ankommen würde. Helena hatte ihn gebeten mit der Anmeldung zu warten, da sie über eine Campingcard verfügen würde. So hätten sie den Rabatt nutzen können.

Schließlich war noch die große Frage offen, wer denn die beiden Wohnmobile abgeholt hatte.

Auf die Frage, ob er gesehen hätte, wer die beiden Wohnmobile abgeholt hätte sagte der Campingplatzbetreiber: „Da im Moment die Saison sehr ruhig ist, bin ich seltener anwesend. Zur Neuanmeldung oder Abmeldung habe ich meine Handynummer ausgehängt. Auf dieser Nummer können mich Neuankömmlinge oder Abreisende erreichen.“

Der Campingplatz Betreiber konnte aussagen, dass beide Wohnmobile am gleichen Abend des Vorfalls mit Thomas, nicht mehr auf dem Campingplatz zu finden waren.

Die Kriminalbeamten sprachen mit den Gästen auf dem Campingplatz und fragten, ob ihnen etwas Besonderes aufgefallen war. Niemand hatte etwas beobachtet, da die einzelnen Parzellen durch Heckengewächse kaum einzusehen waren. Natürlich wollte keiner der Anwesenden Camper als neugierig gelten.

So vergingen viele Tage und Wochen, ohne dass die Kriminalbeamten einen Schritt näher an die Identität von Thomas herankamen. Thomas lag weiterhin im künstlichen Koma.

Fast vier Monate nach der Einlieferung von Thomas in die Universitätsklinik in Lissabon, gab es einen ersten Hinweis auf seine Identität.

Mittlerweile hatte die Kriminalpolizei in Wiesbaden die gesammelten Hinweise der portugiesischen Kollegen ausgewertet. Sie hatte, wie es in solchen Fällen üblich ist, ein Zahnschema von Thomas an alle deutschen Zahnärzte versendet und um Mithilfe gebeten.

Es war bereits Ende März, als sich ein Stuttgarter Zahnarzt bei der Kriminalpolizei in Wiesbaden meldete. Anhand der übermittelten Daten und Bilder konnte zweifelsfrei Thomas Lafzik identifiziert werden.

Die Wiesbadener Kollegen versuchten nun über die ihnen zur Verfügung stehenden Datenbanken weitere Informationen zu Thomas zu bekommen.

Über seinen ehemaligen Arbeitgeber konnten sie viele Informationen bekommen. Diese konnten sie wiederum den portugiesischen Kollegen zur Verfügung stellen. Die wichtigste Information war die Zugehörigkeiten zur Krankenkasse.

Da Thomas privat versichert war konnte sich das Universitätsklinikum sicher sein, dass alle Kosten in voller Höhe erstattet werden.

Zurück nach Deutschland.

Die Kriminalpolizei in Wiesbaden hatte mittlerweile Kontakt aufgenommen zu den Kollegen in Konstanz.

Es ging darum den letzten Wohnsitz von Thomas zu ermitteln und dort weitere Informationen zu beschaffen.

Die beauftragten Kriminalbeamten konnten unter der letzten offiziellen Adresse von Thomas feststellen, dass die Wohnung bereits einen neuen Besitzer hatte und von ihm bewohnt wurde. Er hatte die Wohnung vor drei Monaten gekauft.

Die Befragung der im Haus wohnenden Nachbarn ergab, dass die Wohnung bereits Anfang November komplett durch ein Umzugsunternehmen geräumt wurde. Welches Umzugsunternehmen es gewesen ist, darüber konnten die Nachbarn keine Auskunft mehr geben.

Und überhaupt: Die Nachbarn wollten mit den ganzen Angelegenheiten nichts zu tun haben. Schließlich macht es in der Nachbarschaft keinen guten Eindruck, wenn man sich so lange mit der Kriminalpolizei unterhalten würde.

Außerdem wurde der kriminaltechnische Tatortdienst beauftragt, in der Wohnung nach etwaigen Spuren zu suchen. Das ging nicht sofort, weil man sich erst bei der Staatsanwaltschaft in Konstanz die notwendigen Genehmigungen einholen musste.

Die Kommissariate in Konstanz und Wiesbaden vereinbarten aufgrund der undurchsichtigen Verhältnisse im Leben von Thomas nach Beginn seines Ruhestandes, die weiteren Recherchen im Umfeld von Thomas bei den Kriminalbeamten aus Konstanz zu belassen.

Bei allen befragten Personen waren sie mehr oder weniger auf Granit gestoßen. Selbst die Kontaktaufnahme zu seiner Ex-Frau war sinnlos. Sie

164

hatte angegeben nichts mehr mit ihrem Ex-Mann zu tun zu haben.

Im Übrigen sei es ihr egal, ob er versterben würde.

Dennoch erzielten sie immer wieder kleine Erfolge.

Sie bemühten sich um eine Vernehmung von Thomas in Lissabon.

Mittlerweile war es Ende Mai. Thomas hatte sich durchgekämpft und konnte von den Ärzten des Universitätsklinikums in Lissabon aus dem künstlichen Koma geweckt werden.

Thomas konnte nur schemenhaft erkennen, wer da neben ihm stand. Er hörte das um ihn herum gebrummelt wurde. So schnappte er Wortfetzen in portugiesischer Sprache auf, die er nicht übersetzen konnte.

Langsam kam Thomas zu sich. Er spürte seine Arme und Hände nicht. Die Füße konnte er ein wenig bewegen. Seine Muskulatur am ganzen Körper schmerzte unglaublich und ihm war sehr kalt.

Eine Krankenschwester stellte ihm auf gebrochenem Deutsch die Frage: „Haben sie starke Schmerzen?" Thomas nickte.

„Moment, dann gebe ich ihnen noch etwas Schmerzmittel. Wir können ihnen nur wenig davon geben, da ihr Körper so sehr geschwächt ist, dass sie ohnmächtig werden könnten!"

Was hatte das alles zu bedeuten? Wo genau war er?

Im nächsten Moment trat ein großer, schlanker Mann in einem weißen Kittel an ihn heran.

Er fragte in gebrochenem Deutsch: „Können Sie mich verstehen?"

Thomas nickte und blinzelte mit den Augen. Sonnenstrahlen schienen durch das Zimmerfenster.

„Können Sie mir bitte sagen, wie sie heißen?"

Thomas wirkte verwirrt aufgrund der Frage.

„Ich heiße Thomas Lafzik!"

„Wissen Sie, wann sie geboren sind?"

Thomas schüttelte mit dem Kopf. Jedes Nachdenken machte ihn sofort müde.

„Können sie mir sagen, wo sie wohnhaft sind?"

Wieder schüttelte Thomas mit dem Kopf.

„Danke, dass genügt mir erst einmal!"

Thomas fühlte sich müde. Er versuchte sich im Bett zu drehen. Es gelang ihm nicht.

Eine Krankenschwester kam zu ihm ans Bett und drehte Thomas auf die Seite. Sie schlug die Bettdecken stark ein und stabilisierte Thomas mit zwei weiten Kissen, die sie ihm in den Rücken legte.

Als er so auf der Seite lag, schaute er durch das Fenster nach draußen. Die Bäume blühten, der Wind bewegte ihre Blätter. Danach schlief er ein.

Neben seinem Krankenbett unterhielten sich die Ärzte weiter über ihn. Der schlanke, große Mann war der Oberarzt der Station. Er hieß Fernando Perreira.

Er gab seinem Personal weitere Anweisungen:

„Wir werden die Kriminalpolizei informieren, dass sie in wenigen Tagen mit Thomas sprechen können. Bis dahin sollten wir weiter versuchen ihn zu stabilisieren. Nachdem wir ihn von der künstlichen Beatmung befreit haben, sollten wir ihn langsam von der Magensonde trennen. Die Katheder von Darm und Blase lassen wir noch eine Woche an der Stelle, wo sie jetzt sind."

Dem Pflegepersonal zugewandt sagte Fernando: „Ich möchte sie bitten darauf zu achten, dass der Patient genug zu trinken bekommt. Am besten jede Stunde ein Glas Wasser. Alle vier Stunden geben sie ihm bitte eine Flüssigkeit mit Elektrolyten. Achten sie besonders auf den Inhalt der Urin- und Kotbeutel. Sollten sie Blut in einem der Beutel entdecken, sagen sie mir sofort Bescheid. Es ist besonders wichtig das wir darauf achten, dass Leber, Galle und Nieren wieder richtig funktionieren. Der Körper muss sich allerdings nach der langen künstlichen Versorgung wieder an die normale Situation gewöhnen. Die Körperöffnungen salben sie bitte alle 6 Stunden mit Vaseline ein. Das gleiche gilt für den Moment, in dem sie Blutungen unter der Haut feststellen. Auch dann rufen sie mich schnellstmöglich. Vielen Dank."

Die portugiesische Kriminalpolizei hatte ihre Kollegen in Deutschland informiert. Sie baten darum, dass sie bitte nach Lissabon kommen sollten, um Thomas zu befragen.

An den folgenden Tagen war Thomas oft am Ende seiner Kräfte. Er hatte den inneren Willen wieder körperlich zuzulegen. Was ihn immer wieder ausbremste war seine Muskulatur. Die tägliche Behandlung durch Physiotherapeuten trug dazu bei, dass die Schmerzen ständig auftraten. Doch die Bewegungsübungen mussten sein. Muskulatur und Kreislauf mussten wieder in Einklang gebracht werden.

Die Physiotherapeuten waren sehr nett zu Thomas. Aufgrund ihres Verhaltens ergaben sich weitere positive Gründe, dass Thomas sich der körperlichen Qual täglich unterzog. Innerhalb von zehn Tagen hatten ihn die Physiotherapeuten so gut behandelt, dass er endlich wieder aufrecht sitzen konnte.

Thomas machte jeden Tag enorme Fortschritte. Mittlerweile konnte er von beiden Kathedern im Darm und in der Blase befreit werden. Durch die guten Bewegungsübungen im Beckenbodenbereich, kamen die Organe langsam wieder in Schwung.

Mit der Zeit hatte Thomas versucht sich mit der aktuellen Situation auseinanderzusetzen. Sein Gehirn arbeitete auf Notstrom und es würde einige Zeit vergehen, bis er sich wieder an Details erinnern würde.

Der Transport von Thomas nach Deutschland in eine Reha Klinik muss organisiert werden. Dazu gehören viele Faktoren, die erfüllt sein müssen.

Die Deutsche Rentenversicherung, die für die Vergabe einer Reha Maßnahme verantwortlich ist, arbeitet in der Regel langsam. So war es im Fall von Thomas ebenfalls. Da wurden Arztbriefe aus Portugal zur Bewertung der Situation angefordert. Die Arztbriefe mussten erst übersetzt werden. Nach der erfolgreichen Übersetzung wurde der Vorgang an die zuständige Abteilung weitergeleitet.

Alles ging im Hintergrund seinen üblichen Gang.

Die Kriminalbeamten in Deutschland hatten mittlerweile weitere Details von Thomas zusammengetragen. So mussten sie feststellen, dass Thomas über keinerlei Vermögen, außer seiner Rente verfügte. Allerdings wurden in der Zeit seit November undurchsichtige Kontobewegungen auf seinem Konto festgestellt.

Es fiel auf, dass viele Rechnungen in der Schweiz beglichen wurden. Ein Gegenwert dazu konnte nicht ermittelt werden. Unter anderem wurden hohe Notarkosten und Beraterkosten bezahlt. Die Empfängerkonten waren in der Zwischenzeit aufgelöst worden. Bei der Überprüfung der Empfängerkonten wurde festgestellt, dass die Konten mit gestohlenen Personalausweisen eröffnet wurden.

Bei genauerer Kontrolle der vorliegenden Kopien der benutzten Personalausweise stellte sich heraus, dass die ehemaligen Besitzer oft angegeben hatten, dass ihnen die Papiere in Bars oder auf Campingplätzen abhandengekommen waren.

Die deutschen Kriminalbeamten kamen 10 Tage später in Lissabon an, als von den behandelnden Ärzten erwartet.

Das Genehmigungsverfahren für die Dienstreise hatte sich ewig lange hingezogen. Die übergeordneten Personen der Kriminalbeamten hatten den Fall nicht als akut bewertet.

Zwei freundliche Kriminalbeamte besuchten Thomas in der Universitätsklinik in Lissabon.

„Dürfen wir uns vorstellen? Das ist mein Kollege Hauptkommissar Bretschneider und mein Name ist Schlager, ebenfalls Hauptkommissar der Abteilung Kapitalverbrechen aus Konstanz."

„Das tut gut, endlich wieder heimischen Dialekt zu hören. Ich bin Thomas Lafzik."

„Herr Lafzik, wir sind nach Lissabon gereist, um mit ihnen in Kontakt zu treten und uns mit ihnen über die Ereignisse im letzten Herbst zu unterhalten. Wir sind interessiert an den Details zu ihrer Begleitung. Können sie sich an irgendwas erinnern, was uns weiterhelfen könnte?"

Thomas schaute verwirrt zur Decke. Es fiel ihm sichtlich schwer die Fassung zu bewahren und die Fragen der Kriminalbeamten zu beantworten.

Der beisitzende Pfleger von Thomas deutete an, dass er etwas sagen wollte.

Die beiden Kriminalbeamten machten ein Zeichen in die Richtung des Pflegers, dass er reden durfte.

„Thomas, wie ihn hier alle nennen, lag ungefähr sieben Monate im künstlichen Koma. Sein Gehirn hat sich in den vergangenen Monaten nur damit beschäftigt, seine Organe mit dem Nötigsten zu versorgen. Daher kann es sein, dass Thomas ihnen nicht antwortet oder nur verzögert antwortet. Er ist sich des aktuellen Datums bewusst, aber kaum mehr.

Die Ärzte berichten, dass es bis zu zwei Jahren dauern kann, bis das Gehirn von Thomas wieder alle Wortkombinationen verarbeiten kann. Seien sie deshalb bitte nachsichtig mit ihm."

Die beiden Kriminalbeamten schauten sich fragend an und berieten darüber, wie sie jetzt weiter vorgehen sollten.

Sie trafen eine Entscheidung.

„Herr Lafzik, wir haben uns beide beraten und sind zu dem Ergebnis gekommen, dass wir ihnen hier keine weiteren Fragen stellen werden und warten bis sie in Deutschland in der Reha sind. Was halten sie von unserem Vorschlag?"

„Das ist so in Ordnung für mich. Ich fühle mich leider noch nicht in der Lage Ihnen meine Gefühle und Erinnerungen mitzuteilen!"

Die beiden Kriminalbeamten verabschiedeten sich und machten sich auf den Weg ins Kommissariat der Polizei in Lissabon.

Hier angekommen, trafen sie sich mit dem Beamten der die ersten Ermittlungen im „Fall Thomas Lafzik" durchgeführt hatte.

Hallo, ich bin Sandro von der Mordkommission", begrüßte er seine Kollegen aus Deutschland.

Die deutschen Kriminalbeamten stellten sich mit ihren Nachnamen vor.

„Setzen sie sich doch bitte hin!

Darf ich Ihnen einen Kaffee anbieten?"

„Ja sehr gerne, vielen Dank!"

Das Büro von Sandro war rustikal eingerichtet. Sandro verfügte über die modernsten Computer und Bildschirme an seinem Arbeitsplatz. Der Schreibtisch wirkte sichtlich aufgeräumt. Eine Dame brachte den Kaffee für die Kriminalbeamten.

Während sie den frischen Kaffee genossen, unterhielten sie sich über den Stand der Ermittlungen von der portugiesischen Kriminalpolizei im Fall Thomas Lafzik. Nach einer Stunde verabschiedeten sie sich voneinander.

Sie verabredeten mit ihrem portugiesischen Kollegen am nächsten Tag eine Ortsbesichtigung in Porto Covo vorzunehmen.

Sie reisten am nächsten Tag sehr früh im Dienstfahrzeug von Sandro gemeinsam nach Porto Covo.

Zuerst schauten sie sich die Örtlichkeiten des Campingplatzes an, um sich ein Bild von der damaligen Situation zu machen.

Aus den Recherchen in Deutschland hatten sie die Kreditkartenzahlungen von Thomas aufschlüsseln können. Unter anderem war das Restaurant von Augusto auf ihrer Liste aufgeführt.

Es war jetzt Mitte Juni und die Sonne brannte schon ordentlich auf der Haut der Kriminalbeamten. Kleidungsmäßig waren die beiden Kommissare aus Deutschland nicht auf hochsommerliche Temperaturen eingestellt. Sie trugen ihre Jacken über den Unterarm gelegt und hatten sich die Ärmel ihrer Hemden aufgekrempelt. Die Knopfleiste war bis zur Mitte der Brust geöffnet. Natürlich vom Hals herunter.

Augusto begrüßte die drei Herren und bat sie an einen Tisch im Restaurant. Über ihnen drehte sich der große Ventilator. So konnten sie der Hitze ein wenig entfliehen.

Die Kriminalbeamten zeigten Augusto ein Bild von Thomas.

Er lachte laut. „Ja, an Thomas kann ich mich sehr gut erinnern. Er war im letzten Herbst zweimal bei mir und hatte sich in unseren besonderen Portwein verliebt. Er ist ein fürchterlich netter Kerl. Leider habe ich am ersten Abend nicht auf ihn achtgeben können. In kürzester Zeit hatte Thomas viele Portweingläser geleert."

„Wann haben sie ihn zuletzt gesehen? War er allein oder in Begleitung?"

„Soweit ich mich erinnere, war Thomas zwei Mal allein bei mir im Restaurant. Ich habe ihn dann noch einmal in Begleitung einer Dame gesehen, wie sie beide zum Strand gingen. Etwas später habe ich von dem Hubschrauber Einsatz etwas mitbekommen. Allerdings habe ich den Vorgang zuerst nicht mit Thomas in Verbindung gebracht."

„Haben sie noch Erinnerungen an die Frau, die Thomas begleitet hat? Sind ihnen vielleicht noch Details an der Frau aufgefallen?"

„Wieso fragen Sie so bestimmt nach dieser Frau?"

„Wir versuchen festzustellen in welcher Beziehung Thomas zu dieser Frau stand, und wir möchten erfahren, wer sie ist!"

„Genau kann ich die Frau nicht beschreiben, da ich sie nur aus der Ferne sehen konnte. Sie war groß, dunkelblond und wirkte sehr schlank. Das, was mir auffiel war, dass sie nicht allein zu sein schien!"

„An was machen sie ihre Aussage fest?"

„Thomas und seiner Begleitung folgte eine Frau auf dem Weg zum Strand. Sie wirkte von weitem genauso wie die Frau, die Thomas begleitete!"

„Das klingt höchst interessant! Wie kommen sie darauf, dass die Frauen eventuell zusammengehören könnten?"

„Ich habe gesehen, wie sich die Begleitung von Thomas mehrmals umgeschaut hatte. Und jedes Mal, wenn Thomas mit seiner Begleitung stehen blieb, um ihr etwas zu zeigen, blieb die andere Frau auch stehen."

Die drei Beamten schauten sich verwundert an.

„Ich habe noch etwas beobachtet," sagte Augusto.

„Nachdem der Hubschrauber abgeflogen war, kamen die beiden Frauen vom Strand hoch und nahmen sich die beiden E-Bikes und fuhren davon!"

„Haben sie nicht noch ein wichtiges Detail in ihren Schilderungen übersehen?"

Augusto überlegte. Der Vorfall war jetzt länger als ein halbes Jahr her.

„Also hundertprozentig sicher bin ich nicht. Aber die Frauen sahen sich sehr ähnlich. Mehr kann ich dazu nicht sagen."

„Danke schön Augusto, sie haben uns schon sehr geholfen das Puzzle im Leben von Thomas weiter zu vervollständigen!"

„Darf ich sie noch zu einem kleinen Glas Portwein einladen?" Die Kriminalbeamten lehnten dankend ab.

„Wir müssen heute noch zurück nach Lissabon. Wir fliegen mit der letzten Maschine zurück nach Deutschland. Seien sie versichert, dass wir bestimmt noch einmal privat wiederkommen werden!"

Auf der Rückfahrt sprachen die drei Kriminalbeamten über die neuen Details, die sie von Augusto erfahren hatten!

Sie ärgerten sich sehr darüber, dass sie bis heute keine Details zu den beiden Frauen und speziell zur Begleitung von Thomas gesammelt hatten.

Schließlich haben sie in den zurückliegenden Wochen schon erhebliche Fortschritte erzielt und viele Puzzleteile zusammensetzen können. Es verdichtete sich immer mehr der Verdacht, dass sie es mit einem geplanten Verbrechen zu tun hatten.

Welche Details in diesem Fall hatten sie bis heute zusammengetragen?

Sie haben festgestellt, dass Thomas über keinerlei Besitz verfügt und seine Konten so gut wie leer waren. Lediglich seine monatliche Rente war auf dem Konto eingegangen und dort verblieben.

Die Wohnung die Thomas besessen hatte war bereits vor dem Ereignis in Porto Covo verkauft worden.

Die Unterlagen zum Verkauf der Eigentumswohnung in Sipplingen hatte man nach der Vernehmung des neuen Besitzers einsehen können. Dabei stellte sich heraus, dass ein Notar aus Berlin den Verkauf begleitet hatte.

Bei der Überprüfung des Notariats wurde festgestellt, dass dieses Notariat nicht existent ist.

Der neue Besitzer hatte sich nach Zahlung der Kaufsumme von 500.000.-€ keine weiteren Gedanken gemacht. Er wartet zwar auf die Umschreibung im Grundbuchamt, aber es ist heutzutage nichts Besonderes, dass diese Art der Auflassungen im Grundbuch länger als 6 Monate dauern. Zumal die dortigen Beamten mit Sicherheit ebenfalls Unregelmäßigkeiten entdeckt haben müssten.

Den Kaufpreis hatte der neue Besitzer vor Ort in Berlin in bar ausgezahlt. Dieses Vorgehen erschien dem Käufer nicht ungewöhnlich, da er mehrere Immobilien in seinem Leben auf diese Art und Weise erworben hatte.

Schon gar nicht, wenn im Notarvertrag ein Kaufpreis von 650.000.- € vermerkt wurde, sodass er die tatsächliche Kaufsumme von 500.000.-€ problemlos von einer etwas zwielichtigen Liechtensteiner Bank leihen konnte. Ob in diesem Fall ein Betrug von Seiten des Käufers vorlag, dass lag nicht in ihrem Ermessen.

Diesen gesamten Vorgang hatten die beiden Kommissare an das zuständige Kommissariat beim Zoll weitergegeben. die für Geldwäschekriminalität zuständig sind.

Die restlichen Barschaften von Thomas waren noch im Dezember von seinem Konto in kleineren Beträgen unter 10.000.-€ als Rechnungsbetrag getarnt, an verschiedene Banken im Ausland überwiesen worden. Hierzu hatten sich die Täter der vorliegenden Generalvollmacht bedient.

Das flammneue Wohnmobil von Thomas hatte einen Käufer gefunden. Der neue Besitzer hatte ausgesagt für das fast neuwertige Fahrzeug 120.000.- € in bar bezahlt zu haben. Eine große, dunkelblonde Frau um die sechzig hat ihm das Fahrzeug übergeben. Der Kontakt sei durch seine Suchanzeige in einer Wohnmobil Zeitschrift entstanden. Er bekam bei der Übergabe des Fahrzeuges sowohl den Fahrzeugbrief als auch die notwendigen Versicherungsunterlagen, um das Fahrzeug auf seinen Namen anzumelden.

Sowohl die Versicherung als auch der deutsche Zoll, sind aufgrund der ordnungsgemäßen Abmeldung beziehungsweise Ummeldung nicht auf den Fall aufmerksam geworden. Sie haben die Verträge ordentlich beendet und die Guthaben auf Thomas Konto überwiesen.

In der Summe dürfte sich der Gesamtbetrag der erbeuteten Gelder auf eine Million Euro belaufen.

Nun ging es den Kriminalbeamten zuerst einmal um die genauen Abläufe und die Suche nach den verdächtigen Personen und deren Identität.

Hierbei könnte ihnen Thomas in den nächsten Wochen eine große Hilfe sein.

Allerdings müssten die Kriminalbeamten ihm ihre jetzigen Erkenntnisse in Ruhe mitteilen.

Es wird mit Sicherheit ein großer Schock für ihn sein, wenn er erfährt das er Opfer eines ausgeklügelten Mordanschlags in Verbindung mit Raub geworden ist.

Die beiden Kriminalbeamten kehrten zurück nach Deutschland und führten ihre Recherchen weiter fort. Einfach war die weitere Recherche nicht.

Thomas wurde Mitte Juli in die Reha nach Bad Dürrheim gebracht. In dieser speziellen Reha-Klinik wurde er von Logotherapeuten, Ergotherapeuten, Psychotherapeuten und den behandelnden Ärzten bestens versorgt.

Zum einen ging es darum sein psychisches Kostüm zu stärken und gleichzeitig seine körperlichen Defizite im Bereich der Muskulatur wieder aufzubauen.

Indes ging die kriminaltechnische Kleinarbeit von Konstanz aus ihren Gang. Wichtig war von Thomas zu erfahren, wie er Kontakt zu seiner Begleiterin aufgenommen hatte.

Die beiden Kriminalbeamten verabredeten sich mit Thomas für den nächsten Samstag in der Reha-Klinik in Bad Dürrheim.

Warum ausgerechnet an einem Samstag? In Telefonaten mit der Klinikleitung hatten sich beide Seiten darauf verständigt, die täglichen Anwendungen von Thomas nicht zu unterbrechen. Ebenso haben sie vorher mit dem behandelnden Arzt gesprochen, ob er beim Gespräch ebenfalls anwesend sein könnte.

Es war nicht auszuschließen, dass Thomas mental nicht stark genug sein könnte, um diverse Fragen zu überstehen.

An diesem schönen Samstag Anfang August trafen sich die Kriminalbeamten mit Thomas und seinem Arzt im abgeteilten Bereich des Restaurants der Reha Klinik.

Thomas nahm am Tisch Platz. Links neben ihm und gegenüber saßen die Kriminalbeamten. Rechts von ihm hatte der Arzt Platz genommen.

„Herr Lafzik, wir möchten heute Morgen mit ihnen über die Ereignisse in den letzten 11 Monaten sprechen und das Gespräch aufzeichnen. Sind sie damit einverstanden?"

„Ja."

„Bitte machen sie uns darauf aufmerksam, wenn irgendetwas für sie zu belastend ist!"

„Ja, das mache ich!"

„Herr Lafzik, ist ihnen bewusst, was in den letzten Monaten alles geschehen ist?"

„Nein!"

Thomas saß sehr nach vorne gebeugt und zitterte. Der Arzt legte seine linke Hand auf seinen rechten Unterarm, um ihn zu beruhigen.

„Herr Lafzik, ich sehe, dass ihnen unsere Fragen sehr nahe gehen. Wir möchten es ihnen so einfach wie möglich machen!"

Thomas nickte mit heruntergesenktem Kopf und stammelte: „Machen sie bitte weiter!"

Es war ein fürchterlicher innerer Druck den Thomas verspürte. Wie würde er sich fühlen, wenn bestimmte Fragen an ihn gerichtet würden?

Er atmete tief durch und erhob seinen Kopf.

„Fragen sie bitte!"

„Herr Lafzik, können sie uns den Namen ihrer Reisebegleitung nennen?"

„Ja, ihr Name lautete Helena Bartels und sie ist am 14.11.1966 geboren. So hatte sie mir es damals gesagt!"

Der Kriminalbeamte notierte die Daten zusätzlich zur Tonaufnahme auf einem Zettel.

„In den Gesprächen mit ihrer Bank haben wir diesen Namen aufgrund der vorgelegten Generalvollmacht auch gefunden. Wir haben ihren, in der Generalvollmacht angegebenen Namen und Wohnsitz überprüft. Die Adresse ist existent und liegt in einer Laubenkolonie am Rande von Berlin. Eine Helena Bartels wohnt dort allerdings nicht!"

Thomas schaute verschreckt auf. Er wirkte vollkommen in sich gekehrt. In ihm machte sich ein Gefühl der Angst breit. Wieder beruhigte ihn der daneben sitzende Arzt, indem er seine Hand auf seinen Arm legte.

Es war ein richtiges Gefühlskarussel, was ihn innerlich bewegte. Um sich wieder zu entspannen, schaute er durch das Fenster in den mit herrlich blühenden Stauden bepflanzten Garten.

Thomas hatte im Vorfeld des gemeinsamen Gespräches schon erfahren, dass er um sein gesamtes Eigentum gebracht wurde.

„Darf ich fortfahren?"

„Ja, bitte."

„Wir haben die Nachbarschaft in der Laubenkolonie von unseren Berliner Kollegen befragen lassen, ob sie eventuell wissen, dass eine Helena Bartels hier wohnen könnte und nur die Nummer der Laube vertauscht wurde. Leider blieb das Ergebnis negativ."

„Aber ihr ist doch die Post zugestellt worden, als ich ihr etwas geschickt habe?"

„Da haben sie recht. Allerdings hatte eine Person mit dem Namen Helena Bartels einen Nachsendeauftrag über 6 Monate für Post und Pakete initiiert. Die Sendungen wurden an ein Postfach umgeleitet!"

Thomas schüttelte den Kopf und sagte: „Da bin ich ja einer richtigen Betrügerin in die Hände gefallen!"

„Nicht nur Betrügerin, Herr Lafzik! Sie sind einer skrupellosen Täterin zum Opfer gefallen, die sogar billigend ihren Tod aus Habgier in Kauf genommen hätte!"

Thomas konnte in dem Moment nur die Wangen aufblasen und auspusten. Das musste er erst einmal schlucken. So sehr hatte er sich mit der Thematik auseinandergesetzt.

„Können sie noch zuhören und Fragen beantworten?"

„Ja, es geht!"

„Herr Lafzik, wie konnten sie so schnell Vertrauen zulassen?"

„Ich hatte ein fürchterliches Durcheinander in meinem Leben erlebt. Zuerst die Scheidung von mir und meiner Frau. Danach die vorzeitige und schnelle Versetzung in den Ruhestand durch meinen Arbeitgeber. Was folgte war der Verkauf der offiziell vor 3 Jahren erworbenen Firmenimmobilie. All das hat mich schlichtweg umgehauen.

Zu all den negativen Situationen wurde ich leicht depressiv. Ich war glücklich Helena zu diesem Zeitpunkt gefunden zu haben! Sie machte auf mich den Eindruck, als sei sie eine Person, die mit beiden Beinen im Leben stand."

„Sie suchten also Halt?"

„Ja, dass könnte man so nennen!"

„Haben sie früher schon so gelebt und bei ihrer Ex-Frau Halt gesucht?"

„Ja, wenn ich es richtig überlege, war es in der Ehe mit meiner Ex-Frau genauso!"

„Ok, dann kommen wir der ganzen Sache schon ein wenig näher!"

„Wieso näher?"

„Wenn wir wissen welches Opferbild die Täterin sucht, dann können wir den Kreis eingrenzen, in dem wir nach ihr suchen müssen!"

„Wie bitte?"

„Herr Lafzik, ich wollte sie keineswegs damit beleidigen. Es ist nur so, dass die Täter ihre Opfer nach bestimmten Mustern aussuchen. In diesem Fall waren sie das gesuchte Opfer."

Thomas verzog die Lippen: „Sie meinen, dass Helena im Internet nach Personen wie mir sucht?"

„Ja, genau das stellen wir fest. Sie sucht sich aus einigen Profilen ihre Opfer heraus. Sobald sie mit diesem Personenkreis in Kontakt steht, baut sie eine engere Bindung auf. Personen, die ihr zu stark sind, wird sie nicht länger kontaktieren."

„Aha, so kann ich überhaupt nicht denken!"

„Darf ich Ihnen noch eine Frage stellen? Danach machen wir eine Pause!"

„Ja, das können sie gerne!"

„Was ist ihnen in den Videotelefonaten mit Frau Bartels sehr aufgefallen?"

Thomas lehnte sich zurück, atmete tief durch und überlegte.

„Was ist mir bei den Videotelefonaten aufgefallen? Sie hat fast immer den Zeitpunkt vorgegeben und war des Öfteren plötzlich müde, sodass wir das Videotelefonat vorzeitig beendet haben."

„Vielen Dank. Jetzt machen wir eine 90minütige Pause, damit sie in Ruhe essen gehen können und noch Zeit haben sich ein paar Minuten auszuruhen!"

Thomas begab sich in Begleitung seines Arztes in Richtung Reha Kantine. Hier war am Wochenende nicht viel los, da die Angehörigen oft die Patienten mitnahmen auf eine kleine Ausfahrt in den nahegelegenen Schwarzwald oder an den Bodensee.

Der Arzt holte für Thomas und sich Getränke. Das Essen wurde am Tisch serviert. Als Vorspeise gab es eine Rinderbrühe mit Einlage. Und das im wahrsten Sinne des Wortes. Mit Einlage war ein kleines Stückchen gekochtes Rindfleisch und ein paar dünne Streifen Möhren gemeint.

„Guten Appetit, Herr Lafzik. Sagen sie, können sie sich nach den vielen Fragen noch konzentrieren?"

Thomas nickte vorsichtig und sagte: „Ja, es geht. Wenn es zu viel wird, dann melde ich mich. Ich bin selbst daran interessiert, zu erfahren wie es jetzt weitergeht mit den Ermittlungen. Vielleicht trägt mein Schutzengel mich zurück und ich bekomme wenigstens mein Wohnmobil wieder!"

Schon kam der nächste Gang. Als Hauptspeise servierte die Küche einen Linseneintopf mit Bockwurst. Es ist eben Wochenende und das meiste Personal in der Kantinenküche hat frei.

„Schmeckt es ihnen?" fragte Thomas den Arzt.

„Ja, sehr gut! Ich bin für jeden Tag dankbar, an dem ich nicht selbst kochen muss!"

„Sind sie nicht verheiratet?" „Doch ich bin verheiratet und habe drei kleine Kinder. Die Familie wohnt in der Nähe von Ulm. Ich bin nur alle 3-4 Wochen für 1 Woche zuhause. Ich beschäftige mich zurzeit damit im Umkreis von Ulm oder Waldshut an der Schweizer Grenze eine eigene Praxis für Neuropsychologie zu eröffnen. Im Ulmer Niederlassungsgebiet muss ich darauf warten, dass ein anderer Kollege aufhört. Auf jeden Fall stehe ich auf der Liste. In der Nähe von Waldshut ginge es deutlich schneller, da ich hier eine private Praxis eröffnen könnte, da viele Schweizer in Deutschland zum Facharzt gehen. Dazu fehlt mir allerdings das nötige Eigenkapital."

„Ich glaube an sie. Für sie wird sich etwas Gutes ergeben. Sie müssen nur Geduld beweisen."

Zum Nachtisch gab es rote Grütze mit Vanille Soße. Sehr lecker und ausreichend.

Thomas und sein Arzt gingen zurück in den Nebenraum des Restaurants. Die beiden Kriminalbeamten hatten sich aus Gewohnheit mit einer Brezel und einer Bockwurst zufriedengegeben.

„Wollen wir noch eine Stunde weitermachen?!"

„Ja," antwortete Thomas.

„Herr Lafzik, wir möchten sie nun mit einer etwas schwierigeren Situation konfrontieren!"

Thomas blähte wieder die Wangen auf und ließ die Luft langsam über die Lippen aus seinem Körper entweichen. „Ja, gehen wir es an!"

„Herr Lafzik, wir haben bei unseren Ermittlungen in Portugal und hier in Deutschland festgestellt, dass sie abwechselnd von Helena und einer bisher unbekannten Frau auf ihrer Reise begleitet wurden."

„Nein, das ist mir nicht bewusst aufgefallen!"

„Welche Begebenheiten könnten, ihrer Meinung nach, zu unserer Feststellung passen?"

Thomas überlegte und erinnerte sich daran, dass es Situationen gab, die er ebenfalls als wundersam bewertet hatte.

„Ich kann mich zwar an Kleinigkeiten erinnern, aber im Detail wird es schwierig."

„Lassen Sie sich Zeit und denken einfach in Ruhe nach!"

Für Thomas war es sehr anstrengend jetzt mit der Vergangenheit konfrontiert zu werden.

„Mir fiel an einigen Orten auf, dass mich Helena einmal Thomas nannte und dann an einem anderen Ort wiederum mit Tom ansprach."

Er grübelte weiter.

„Die Augenfarbe! Ja die Augenfarbe wechselte ebenfalls gleichzeitig. Ich habe Helena darauf angesprochen und sie begründete es mit farbigen Kontaktlinsen, die sie wechselweise tragen würde!"

„Das ist wieder ein guter Hinweis für uns. So ergibt sich langsam ein Bild vom Kreis der Täter und Täterinnen!"

„Dem Kreis der Täter und Täterinnen?"

„Ja, wir konnten ermitteln, dass bei der Auflösung ihrer Eigentumswohnung ein Mann dabei war, der so auftrat, als wenn er alles organisieren würde.

Um eventuell ein Bild von dem Mann zu bekommen, der gleichzeitig auch den LKW, der nichtexistierenden Umzugsfirma fuhr, haben wir alle Tankstellen im Umkreis von dreihundert Kilometern gebeten ihre Videoaufzeichnungen von fünf Tagen um den Umzug herum, zur Verfügung zu stellen.

Wir hatten den Namen der nichtexistierenden Umzugsfirma von einem Dorfbewohner aus Sipplingen im Zusammenhang mit unserer Öffentlichkeitsfahndung bekommen.

Er habe sich den Namen der Umzugsfirma aufgeschrieben, weil der LKW sehr lange die Martinstrasse blockierte. Danach habe er mehrfach die Telefonnummer, die auf dem LKW aufgedruckt war, angerufen. Er hat aber nie eine Verbindung bekommen.“

Thomas schüttelte mit dem Kopf.

„Dürfen wir ihnen zwei Bilder zeigen, die wir von einer Tankstelle erhalten haben, auf der ein LKW mit dem Namen des Umzugsunternehmens zu erkennen ist?“

„Ja!“

Er schaute sich die beiden Fotos, die stark vergrößert waren, sehr genau an. Er schaute verunsichert, weil er das Gesicht nur schemenhaft erkennen konnte.

Plötzlich erkannte er Pater Rolf auf dem zweiten Bild. Es war unverkennbar. Sollte es bedeuten, dass auch er in die Sache verwickelt war?

Gerade ihm hatte er so sehr vertraut und in persönlichen Gesprächen seine Gefühlswelt und jegliche Einzelheit von sich preisgegeben.

„Was ist mit Ihnen, Herr Lafzik? Haben sie den Mann auf dem Foto erkannt?"

Thomas war blockiert. Er konnte nichts sagen. Zu sehr war er enttäuscht von der Person des Pater Rolf.

Es dauerte eine ewige Zeit, bis Thomas seine Gedanken geordnet hatte.

„Den Mann auf dem Bild kenne ich! Er nannte sich mir gegenüber Pater Rolf und lebt meiner Meinung nach im Kloster Beuron!"

„Sie haben Kontakt zu ihm gehabt?"

„Ja!" Thomas liefen die Tränen, als er es aussprach.

In diesem Moment schaltete sich sein Arzt in das Gespräch ein. „Ich möchte den Vorschlag machen, das Gespräch an dieser Stelle bitte zu beenden.

Sie sehen sicher, wie betroffen Herr Lafzik von dieser Nachricht ist!"

„Gut beenden wir das Gespräch an dieser Stelle. Die Frage ist, wann können wir weitermachen?"

Der Arzt sagte zu Thomas gewandt: „Was meinen sie, Herr Lafzik?"

Thomas hatte sich langsam wieder beruhigt.

„Von meiner Seite aus können wir gerne jetzt weitermachen. Schlimmer kann es für mich nicht werden!"

„Sind sie sicher?" Der Arzt schaute etwas zweifelnd.

„Ja, ich bin sicher!"

„In Ordnung," sagte der Arzt den Kriminalbeamten zugewandt.

„Herr Lafzik, können sie uns sagen zu wem ihr Kontakt zuerst Bestand hatte? War es dieser Pater Rolf oder Helena?"

„Der erste Kontakt fand mit Pater Rolf in Beuron statt."

„Wir können also davon ausgehen, dass er der Kopf der Täter ist. Wo und wann hatten sie weiteren Kontakt zu Pater Rolf?"

„Ich habe ihn noch einmal in Beuron besucht. Er war dort in der Kirche. Anschließend haben wir zusammen noch etwas gegessen.

Beim nächsten und letzten Mal habe ich ihn in Santiago de Compostela gesehen. Allerdings habe ich ihn nicht direkt gesprochen, sondern erst am Abend mit ihm telefoniert!"

„Sie haben ihn gesehen und nicht angesprochen?"

„Nein, beim ersten Mal stand er vor einer Tapas Bar, in der ich gerade zur Toilette gegangen war. Die Tapas Bar war so voll, dass ich ihn nicht mehr gesehen habe. Ich hatte nur beobachtet, dass er wohl mit Helena gesprochen hatte.

Danach habe ich ihn nochmals aus der Ferne am großen Busbahnhof von Santiago de Compostela gesehen. Er stieg gerade in einen Bus ein."

„Interessant, er muss ihnen also bis nach Spanien gefolgt sein!"

„Ja, das glaube ich jetzt auch langsam!"

„Wir haben erfahren, dass sie schon in Oviedo einmal in der Klinik waren, als sich bei ihnen Vergiftungserscheinungen zeigten. Ist das richtig?"

„Das ist richtig. Ich hatte mir eine Vergiftung nach dem Genuss von Meerestieren zugezogen. Manche Meerestiere produzieren mehr oder weniger Arsen.

In meinem Fall wurde diese These von den behandelnden Ärzten bestätigt!"

„Jetzt spekulieren wir einmal!" Der Kriminalbeamte gab seine Gedanken mit einem angestrengten Gesichtsausdruck preis.

„Das Universitätsklinikum in Lissabon hat bei ihnen ebenfalls eine starke Vergiftung festgestellt. Ursächlich für diese Vergiftung wurde auch hier der Wirkstoff Arsen in größerer Menge in ihrem Blut gefunden. Doch warum haben die Täter gewartet, bis sie in Porto Covo waren?"

Thomas dachte nach: „Es kann sein, dass sie nicht gewartet haben. Ich kann mich noch an eine Situation nach meinem Krankenhausaufenthalt in Oviedo erinnern, als Helena für mich einen Nudelauflauf mit verschiedenen Gemüsen in einer Auflaufform serviert hatte.

Die Auflaufform habe ich instinktiv um einhundertachtzig Grad gedreht. In diesem Moment hatte sie angegeben, keinen Hunger mehr zu haben."

„Es wird ja immer interessanter," sagte der Kriminalbeamte, während sein Kollege alles zusätzlich notierte.

„Wenn ich mich jetzt in die Tätergruppe versetze, wurde Pater Rolf informiert, dass Santiago del Compostela der nächste Halt war!"

„Sie könnten recht haben, Herr Kommissar.“

„Das könnte den nächtlichen Ausflug von Helena am Stellplatz in Santiago del Compostela erklären.“

„Was ist dort vorgefallen?“

„Sie war abends in eine Bar gegangen und hatte eine weiße Jacke an als sie ging und eine blaue Jacke, als sie zurückkam!“

„Sehr gute Information! Wir müssen davon ausgehen, dass man sie schnellstens umbringen wollte, da zu diesem Zeitpunkt schon mit der Räumung ihrer Wohnung begonnen wurde!“

Thomas nickte und schaute traurig auf die Blumen in der Ecke des Raumes.

„Die Täter mussten beim nächsten Mal sicher gehen. Dieser Pater Rolf dürfte der Überbringer des Giftes gewesen sein. Denn würde der nächste Mordversuch an ihnen nicht funktionieren, könnten sie später nicht in Ruhe ihrer Finanzen habhaft werden.“

„Können wir eine kleine Pause machen?“

„Sicher, Herr Lafzik. Wir machen dreißig Minuten Pause.

Thomas ging hinaus auf die Terrasse des Klinik Restaurants und starrte auf den gegenüberliegenden Wald. Ein Reh schaute aus den Bäumen heraus und wollte auf das angrenzende Feld laufen. Leider kam in diesem Moment ein Tiefflieger der Deutschen Luftwaffe und das Reh verschwand wieder im Wald.

Er entspannte sich mit Atemübungen, die man ihm in der Reha beigebracht hatte.

Nach dreißig Minuten ging die Befragung von Thomas durch die Kriminalbeamten weiter. Der Arzt war auch gerade wiedergekommen.

„Ich hätte eine Bitte, Thomas! Können sie auch ohne mich weitermachen? Ich muss dringend nach Ulm fahren. Eines meiner Kinder hat sich beim Sport verletzt. Jetzt braucht meine Frau meine Hilfe!"

„Kein Problem, fahren sie unbesorgt zu ihrer Familie. Die geht jetzt vor," sagte Thomas.

Der Arzt bedankte sich bei ihm.

„Wir müssen jetzt nur verstehen, wie das Arsen in Porto Covo in ihren Körper gelangt ist. Es ist eine größere Menge gewesen."

„Das kann ich ihnen vielleicht erklären! Helena, oder wie ihr richtiger Name ist, hatte mir am Strand einen gekühlten Energydrink ihrer Bekannten aus Lissabon gegeben. Er befand sich einer Thermoskanne.

So könnte es gelaufen sein. Der Drink schmeckte sehr fruchtig und leicht herb. Helena erklärte mir, dass es sich um die Passionsfrucht handelt!"

„Wurde die Thermoskanne sichergestellt?" Der zweite Kriminalbeamte schüttelte verneinend mit dem Kopf.

„Wir haben es also mit sehr intelligenten Tätern zu tun. Wir haben kaum greifbare Beweise zum gesamten Tathergang bekommen. Weder sind die einzelnen Mordversuche mit Fakten und Gegenständen zu beweisen, noch können wir die Bankbewegungen einer Person genauestens zuordnen!"

Thomas schaute wieder etwas niedergeschlagen.

„Eine kleine Überraschung für sie habe ich allerdings! Da ihr Wohnmobil zweifelsfrei aus einem Diebstahl stammt, hat der jetzige Besitzer keinen Anspruch auf dieses Fahrzeug und muss es ihnen wiedergeben. Bis dahin wird das Fahrzeug noch kriminaltechnisch untersucht und wird ihnen nach der Freigabe übergeben!"

Ein Lächeln war im Gesicht von Thomas zu erkennen. Konnte er sich darüber freuen? Zumindest hätte er nach der Entlassung aus der Reha ein Dach über dem Kopf.

„Danke schön!" sagte Thomas.

„Wir möchten damit die Befragung an dieser Stelle unterbrechen und werden sie informieren, sobald wir neue Ermittlungsergebnisse vorliegen haben.

In der Zwischenzeit rate ich ihnen, dass sie in der gesamten Angelegenheit den Rat eines Anwaltes für Kapitalverbrechen einholen. Finanziell sind sie durch das Opferprogramm des Weißen Ring abgesichert. Die Kontaktdaten entnehmen sie bitte diesem Schreiben!"

Die Kriminalbeamten verabschiedeten sich mit dem Hinweis, dass sie sich in der kommenden Woche wieder bei Thomas melden.

Dann fuhren sie zurück zu ihrer Dienststelle am Benediktinerplatz in Konstanz.

Thomas versuchte in den kommenden Tagen die gesamten Gesprächsinhalte und Vorgänge mit seinem Psychotherapeuten zu besprechen. Es fiel ihm nicht leicht!

Denn immer wieder wurde er an die Gesichter von Helena und Pater Rolf erinnert.

Seine Physis wurde langsam besser. So entwickelte er Kraft für die nächste Runde mit den Kriminalbeamten. Die Reha-Klinik war der perfekte Ort für die ausgewogene Regeneration. So kam er in der Woche mit dem behandelnden Arzt ins Gespräch.

„Herr Lafzik, wie fühlen sie sich heute?" fragte ihn der Arzt.

„Warum fragen sie, Herr Doktor?"

„Sie sind jetzt in der fünften Woche in unserem Haus. Damit würde ihr normaler Klinikaufenthalt am Ende der Woche beendet sein. Wenn sie mir mitteilen, dass sie gerne noch einmal die Reha um drei Wochen verlängern möchten, dann würde ich einen entsprechenden Antrag beim Kostenträger unterstützen!"

Thomas überlegte ein paar Sekunden, was für ihn das Beste wäre.

„Ich möchte ihr Angebot gerne annehmen. Ich wüsste im Moment nicht, wo ich hingehen sollte!"

Die Genehmigung durch den Kostenträger lag der Klinikleitung am nächsten Tag vor.

Thomas machte sich Notizen zum Verlauf seiner Reise, so gut sein Gedächtnis es wiedergab.

Im Laufe der Woche meldeten sich die Kriminalbeamten aus Konstanz bei Thomas. Sie verabredeten sich diesmal für den Freitagnachmittag.

Das Wetter im August war hier im Schwarzwald-Baar Kreis schon unbeständiger. Fast jeden Tag gewitterte es. Der Freitag war ein schöner Tag. Als die Kriminalbeamten in der Reha-Klinik eintrafen, kam ihnen ein sichtlich fröhlicher Thomas entgegen.

„Guten Tag die Herren! Gehen wir ein wenig nach draußen auf die Restaurant Terrasse?"

„Das können wir gerne machen. Haben wir hier ein ruhiges Plätzchen für uns? Wir wollen gerne wieder das Gespräch aufzeichnen."

„Ich denke schon," sagte Thomas und führte die beiden Kriminalbeamten nach draußen auf die Terrasse. Hinten links in der Ecke saßen die drei Männer ruhig und geschützt.

„Ich sehe, sie sind heute ohne ihre ärztliche Begleitung!"

„Ja, ich habe mit den Ärzten und Therapeuten gesprochen. Ich werde versuchen sie so gut wie möglich zu unterstützen. Wenn ich müde werde oder Einzelheiten mich treffen, sage ich ihnen Bescheid!"

„Gut, fangen wir an. Zuerst werden wir ihnen den aktuellen Stand unserer Ermittlungen erläutern. Wir haben über ihren Telefon Provider die Information bekommen, dass ihr Handy kurz nach ihrem Abtransport mit dem Hubschrauber ausgeschaltet wurde. Bis heute hat niemand versucht sich wieder mit dem Funknetz zu verbinden.

Gleiches gilt für Ihren Desktop PC in ihrer ehemaligen Wohnung. Beide Geräte wurden nicht gefunden und nicht benutzt. Von ihrem Provider haben wir noch

Einzelverbindungsnachweise von September bis November des vergangenen Jahres bekommen.

Aus den Nachweisen konnten wir Rufnummern filtern und diese überprüfen. Hierbei ergab sich, dass einige Rufnummern zu Prepaid SIM Karten gehörten, die ebenfalls seit Mitte November nicht mehr verwendet wurden. Diese Rufnummern dürften die Täter benutzt haben.

Zu diesen Rufnummern konnten wir ein Bewegungsmuster erstellen. Das bedeutet, wir konnten die verwendeten Funkzellen ausfindig machen."

Die Kriminalbeamten legten Thomas eine Skizze vor und zeigten ihm die markierten Punkte, denen eine Funkzelle zugeordnet war.

„Schauen sie sich die Karte einmal in Ruhe an!"

Thomas nahm sich die Karte und studierte die Eintragungen. Die genutzten Funkzellen lagen zweifelsfrei auf der gefahrenen Route, die Thomas und Helena gefahren sind.

Als Thomas etwas genauer hinsah, fiel ihm auf, dass an einigen Orten zwei oder sogar drei der bekannten Rufnummern eingewählt waren.

„Was hat das hier zu bedeuten?" Er fragte die Kriminalbeamten und zeigte auf die Karte.

„Wir gehen davon aus, dass immer zwei Personen in ihrer Nähe waren. Eine Person direkt in ihrer Nähe und die zweite Person zeitversetzt ebenfalls. So zum Beispiel in Santiago del Compostela! Dort dürften es sogar drei Personen gewesen sein.

In Porto Covo sind es zwei Personen, die in die jeweilige Funkzelle eingewählt waren.“

Thomas nahm diese Information mit einem Kopfschütteln auf. Wie konnte es nur sein, dass er in solch eine Situation geraten ist?

Der Kriminalbeamte fuhr fort mit seinen Ausführungen.

„Wir haben echtes Glück, dass selbst die entlegensten Ecken Portugals mit solch guten Funkverbindungen ausgestattet sind. In Deutschland sind wir noch weit von dieser Funkabdeckung entfernt.“

„Ja, dass dürfen sie ruhig laut sagen. Selbst hier in der Reha ist es eine Katastrophe!“

„Kommen wir zurück auf die Funkzellen. Wir konnten weiter feststellen, dass mit diesen Rufnummern untereinander sehr häufig telefoniert wurde. Das bedeutet, dass wir es hier mit drei Personen zu tun haben. Zum einen Pater Rolf, zum anderen Helena Bartels und eine noch nicht identifizierte Frau!“

„Wir müssen nun weitere Bewegungsprofile erstellen, um den Tätern näher zu kommen. Daran arbeiten vier unserer Kollegen und werden uns die Ergebnisse in zirka vierzehn Tagen liefern können!"

„Das hört sich gut an," sagte Thomas.

„Auf eine weitere Spur sind wir gestoßen im Rahmen der von ihnen geschilderten Face Time Anrufe mit Helena. Denn dieser Dienst kann nur von Apple Accounts durchgeführt werden. Das würde bedeuten, dass die IMEI-Nummer des Handys von Helena in den Anrufen registriert sein könnte!"

Thomas spürte ein unwohles Gefühl in sich. Vermutlich hängt es damit zusammen, dass er sich nicht vorstellen konnte, einer der drei Personen gegenüberzutreten. Darauf wird alles hinauslaufen, um die drei Täter des Mordversuches zu überführen. Es war prompt mit der nächsten Frage des Kriminalbeamten verknüpft.

„Herr Lafzik, können sie sich vorstellen den Beschuldigten gegenüberzutreten, falls wir sie festnehmen können?"

„Sie werden sich wundern! Genau darüber habe ich in den letzten Sekunden nachgedacht."

„Tja, dass wird kein leichter Moment werden!"

Der Kriminalbeamte blätterte in seinen Unterlagen, während Thomas sein Glas Wasser auf ex leer trank.

„Haben sie im Zusammenhang mit dem Besitz eines Apple Handys auch eine Cloud verwendet?"

„Wieso fragen sie das?"

„Ganz einfach, sollten sie Fotos unterwegs gemacht haben von Helena, dann könnten die Aufnahmen noch in ihrer Cloud gespeichert sein"

„Das könnte sein. Ich weiß es nicht genau."

„Verfügen sie über einen Apple Account?"

„Ja, ich müsste nur darüber nachdenken, wie mein Passwort lautet!"

„Machen sie das in Ruhe. Wir machen jetzt eine kleine Pause und sehen uns in zwanzig Minuten wieder."

Die Kriminalbeamten verließen für diesen Zeitraum die Terrasse des Klinik Restaurants.

Thomas nahm sich einen Zettel und versuchte sich an das Passwort für den Apple Account zu erinnern. Es war Jahre her, dass er den Account erstellt hatte. Er überlegte eine Weile und dann fiel es ihm wieder ein.

Die Kriminalbeamten kamen zurück auf die Terrasse.

„Ist ihnen das Kennwort für ihren Apple Account eingefallen?"

„Ja, wir können versuchen den Account damit zu öffnen."

Sie gaben die Daten in das mitgeführte Laptop ein. Das von Thomas genannte Passwort war richtig. Im Account befanden sich 1268 Fotos, aber keins wo Helena darauf zu erkennen war. Wie konnte das sein?

Sie schauten sich alle drei fragend an. „Ach jetzt fällt es mir ein. Ich hatte Helena auch alle Kennungen und Passwörter zusammengestellt. Sie hat mit Sicherheit die Aufnahmen gelöscht!"

„Oh Gott, dass wird wieder eine schwierige Recherche mit dem Apple Konzern. Aber wir werden in einiger Zeit auch die gelöschten Fotos wieder aktivieren!"

„Nun gut, versuchen wir eine weitere Fragestellung zu erörtern. Wie genau sind sie mit Helena zum ersten Mal in Verbindung gekommen? Waren sie der Aktive oder Helena?"

„Ach, da kann ich mich nicht so genau erinnern. Ich hatte sehr oft in bestimmten Foren nach Wohnmobilfahrerinnen gesucht, die allein reisen.

So stieß ich auf das Forum „Alleinfahrer/innen im Wohnmobil Ü50". Da habe ich unter anderem Helena angeklickt, um mir ihr Profil durchzulesen.

Ein paar Tage später entstand der Kontakt zwischen uns. Wir hatten uns zuerst mehrere Tage geschrieben, bevor wir verabredeten, per Face Time miteinander zu sprechen."

„Sind sie in der Lage aus den Gesprächen und Treffen mit Helena ein Phantombild erstellen zu lassen?"

„Das würde ich mir zutrauen!"

„Gut, dann schicken wir als nächstes einen Zeichner zu ihnen. Er wird nach ihren Angaben ein Phantombild erstellen. Wir suchen derweil eine Möglichkeit an die gelöschten Fotos heranzukommen. Für heute ist es nun genug. Wir melden uns in der kommenden Woche wieder bei Ihnen. Wie lange sind sie noch hier in der Reha Klinik?"

„Ich bin noch drei Wochen hier. Die Maßnahmen wurden um drei Wochen verlängert."

Die Kriminalbeamten verabschiedeten sich. Thomas hingegen blieb noch auf der Terrasse sitzen. Er wollte das schöne Wetter am Nachmittag hier auf der Terrasse genießen.

Während er dort saß und vor sich her träumte, klopfte ihm plötzlich von hinten seine Ex-Frau auf die Schultern.

Thomas erschrak: „Isabell, was machst du denn hier? Ich denke du willst nichts mehr von mir wissen und es würde dich auch nicht stören, wenn ich tot sein würde!"

Isabell schaute Thomas lange an.

„Ich wollte jetzt einfach sehen, wie es dir geht. Da ich beim Anruf der Kriminalpolizei so kurz ab war, habe ich nun mal keine Einzelheiten erfahren, wie es dir geht. Etwas hatte mich doch mein schlechtes Gewissen geplagt und ich hatte nur im Gespräch verstanden, dass du hier in der Reha Klinik bist."

„Erstaunlich, welchen Weg du auf dich genommen hast, mich zu besuchen!"

„Ach Thomas, jetzt sei doch nicht so. Schließlich habe ich mich durchgerungen, nach all dem, was zwischen uns passiert ist, hierher zu fahren."

„Ok, gut. Ich nehme deine freundliche Geste an! Doch was genau willst du von mir?"

„Bitte Thomas, etwas freundlicher könnte dein Ton schon sein. Ich möchte gerne erfahren was mit dir passiert ist. Von der Kripo weiß ich nur, dass du in

Lissabon sehr lange im Koma gelegen hast. Doch wie ist es dazu gekommen?"

Thomas fand die gesamte Situation etwas merkwürdig. Warum war plötzlich Isabell aufgetaucht? Sie war es doch, die keinen Kontakt mehr mit ihm haben wollte?

Isabel öffnete ihre Beuteltasche und suchte darin. „Thomas hast du zufällig Feuer?"

„Wieso Feuer? Rauchst du nach all den Jahren wieder?"

„Hast du Feuer für mich?" Ihre Stimme klang jetzt sehr fordernd.

„Nein leider nicht. Aber ich kann die Bedienung bitten uns einen Aschenbecher und Streichhölzer zu bringen." Er rief die Bedienung herbei und bat um einen Aschenbecher und Streichhölzer.

„Das kann ich ihnen gerne bringen. Allerdings dürfen sie hier auf der Terrasse nicht rauchen. Sie können dazu bitte unsere Raucherecke da hinten im Pavillon aufsuchen. Dort finden sie auch einen Aschenbecher," und sie zeigte in Richtung des Pavillons. „Warten sie aber bitte hier, bis ich Ihnen Streichhölzer bringe."

Als die Bedienung die Streichhölzer gebracht hatte gingen Thomas und Isabell in Richtung Pavillon.

Isabell kramte währenddessen in ihrer Beuteltasche nach den Zigaretten. Dabei fiel ihr Portomanie heraus. Thomas bückte sich, freundlich wie er war und erschrak. Er hatte das Gefühl, dass er nicht mehr atmen konnte. Als Thomas das Portomanie aufnehmen wollte, sah er im Innenteil ein Bild von Pater Rolf. Die wenigen Sekunden kamen ihm vor wie eine Ewigkeit. Lichtbögen und Sterne schossen durch seinen Kopf.

„Danke schön, Thomas. Was ist mit dir? Du bist gerade kreidebleich. Geht es dir nicht gut?"

Thomas kam langsam hoch und sagte: „Mir ist plötzlich schlecht. Ich gehe mal eben zur Toilette!"

Thomas ging in gebücktem Schritt Richtung Gebäudeeingang.

Er zitterte und ihm wurde heiß und kalt. Der blanke Schweiß stand ihm auf der Stirn, als er die Rezeptionistin darum bat, schnellstmöglich telefonieren zu dürfen. Er wählte die Rufnummer der Konstanzer Kriminalpolizei.

„Mordkommission Konstanz, Meinke. Was kann ich für sie tun?"

„Kann ich bitte Herrn Hauptkommissar Bretschneider sprechen? Es wäre dringend."

„Kommissar Bretschneider ist außer Haus zu einem Termin.“

„Können sie ihn bitte, bitte schnell verständigen, er soll wieder zur Reha Klinik zurückkommen. Mein Name ist Thomas Lafzik und es ist etwas ganz schreckliches passiert!“

„Moment, bleiben sie dran. Ich versuche sie mit dem Diensthandy von Hauptkommissar Bretschneider zu verbinden.“

Es waren mehrere Telefongeräusche zu hören. Thomas schwitzte wie ein begossener Pudel. Ihm gingen tausend Dinge gleichzeitig durch den Kopf. Pater Rolf, Isabell, Helena und die ganzen schlechten Momente.

„Hauptkommissar Bretschneider, sind sie es Herr Lafzik?“

„Ja, ich bin es!“

„Was ist passiert, Herr Lafzik?“

Thomas stammelte: „Meine Ex-Frau ist hier in der Klinik aufgetaucht und will mit mir reden. Sie wollte sich Zigaretten aus ihrer Beutelhandtasche holen. Dabei ist ihr Portomanie herausgefallen und ich habe das Bild von Pater Rolf in ihrem Portomanie gesehen!“

„Wo ist ihre Ex-Frau momentan?"

„Sie ist hier in der Klinik und sitzt im Raucher Pavillon!"

„Ok, gehen sie bitte wieder zu ihr zurück. Sie sprechen weiter mit ihr damit sie nichts bemerkt!"

„Ja, mache ich!"

„Gut! Zur Sicherheit verständigen wir die Kollegen vor Ort, damit sie nicht verschwinden kann. Wir sind in 15 Minuten bei ihnen."

Kriminalhauptkommissar Bretschneider bat per Funk um den Einsatz von Sonderzeichen und informierte die Kollegen aus Bad Dürrheim. Sie braustem zurück nach Bad Dürrheim über die A81. Zum Glück waren sie gerade in Geisingen tanken.

Thomas ging langsam zurück zum Pavillon.

Dort saß Isabell noch und zog an ihrer Zigarette.

„Thomas, geht es dir etwas besser?"

„Ja, ich weiß auch nicht, was es plötzlich war. Vielleicht vom Fisch, den ich zum Mittag gegessen habe?"

„Komm trink einen Schluck Saft von mir."

Isabell griff in ihre Tasche und gab Thomas eine Flasche mit Orangensaft.

„Nein, dass vertrage ich im Moment nicht. Vielleicht gleich.“

Natürlich dachte Thomas daran, dass etwas Giftiges im Orangensaft sein könnte.

„Was möchtest du denn jetzt genau von mir wissen?“

„Erzähl doch mal, wie es dir ergangen ist und was dazu geführt hat, dass du so lange im Koma gelegen hast!“

Thomas begann über den Aufenthalt in Porto Covo zu sprechen. In seinem Kopf beschäftigte ihn gerade ein negatives Gefühl, dass seine Ex-Frau etwas mit der Sache zu tun haben könnte.

Er sprach daher sehr langsam und bedächtig über seine Eindrücke von Porto Covo, um die Zeit zu überbrücken.

Endlos kamen ihm die Minuten vor, bis er an der Tür des Restaurants Hauptkommissar Bretschneider erkannte. Mit ihm zusammen kamen noch drei weitere Beamte der Kripo.

Sie gingen auf Isabell zu und sprachen sie an: „Dürfen wir bitte ihren Personalausweis sehen!“

Isabell schaute fragend, griff in ihre Tasche und holte ihren Personalausweis heraus.

„Können sie mir bitte erklären, was das hier soll?“

„Isabell Lafzik geboren am 12.12.1962?"

„Ja, dass bin ich!"

„Frau Lafzik, was ist der Grund des Besuches bei ihrem Ex-Mann?"

„Ich wollte nur sehen, wie es ihm geht und welche Fortschritte er macht."

„Und das sollen wir ihnen jetzt glauben? Noch vor einigen Wochen haben sie die Zusammenarbeit mit uns abgelehnt, weil es ihnen egal sei, wie es ihrem Ex-Mann geht!"

„Ich hatte plötzlich das Gefühl, dass ich mich um ihn kümmern müsste."

„Aha, sie wollten sich um ihn kümmern. Frau Lafzik, darf ich sie um ihre Handtasche bitten?"

„Nein, was soll das denn? Sie haben kein Recht meine Handtasche an sich zu nehmen!" Isabell war vollkommen aufgelöst.

„Gut, dann verhafte ich sie hiermit unter dem Verdacht eines Kapitalverbrechens an ihrem Ex-Mann schuldig zu sein. Sie haben ab sofort das Recht die Aussage zu verweigern und brauchen keine weiteren Angaben zur Sache zu machen, bis sie sich einen Rechtsbeistand besorgt haben."

„Das ist ja eine Unverschämtheit, was erlauben sie sich? Ich möchte sofort meinen Anwalt sprechen. Vorher werde ich hier nicht aufstehen und mit ihnen gehen."

„Gerne können sie gleich, wenn sie in unserem Einsatzfahrzeug sitzen, ihren Anwalt verständigen. Wir geben ihnen dann auch die Adresse der Untersuchungshaft in Konstanz, wo wir sie jetzt hinbringen!"

Die zwei anderen Beamten packten Isabell vorsichtig, aber bestimmt, unter den Armen an und begleiteten sie zum Einsatzfahrzeug.

In der Zwischenzeit schaute sich Kommissar Bretschneider das Portomanie von Isabell an. Tatsächlich befand sich darin ein Foto von Pater Rolf. Hinten auf dem Bild stand: Rolf 20.09.22. Er setzte sich neben Thomas und nahm ihn in den Arm.

„Sie haben ganz großartig in dieser Situation reagiert. Wenn ich daran denke, welche Schocksituation es für sie gewesen sein muss, ein Bild von Pater Rolf im Portomanie ihrer Ex-Frau zu sehen. Unglaublich, wie gut sie sich verhalten haben. Jetzt benötigen sie dringend psychologischen Beistand. Kommen sie, wir gehen rein und ich kümmere mich darum, dass ihnen geholfen wird!"

Im Hintergrund hatten die Kollegen der Kripo damit begonnen, eine Fahndung nach Pater Rolf einzuleiten. Er durfte jetzt keine Möglichkeiten bekommen zu fliehen. Sicherheitshalber hatte man rund um den Klinikparkplatz alle Zufahrtsstraßen gesperrt. Er könnte gesehen haben, wie man Isabell abtransportiert hatte.

Genauso musste es gewesen sein. Denn an der Schweizer Grenze in Richtung Schaffhausen konnte man Pater Rolf festnehmen und ebenfalls in die Untersuchungshaft nach Konstanz verbringen.

Thomas hatte derweil Hilfe vom Psychologischen Notdienst in der Klinik erhalten.

Die Kriminalbeamten hatten beim Landgericht Konstanz und bei der Staatsanwaltschaft die Haftbefehle für Rolf und Isabell erwirkt.

Erste Vernehmungen von Isabell und Pater Rolf brachten wenig neue Erkenntnisse. Beide hatten den gleichen Anwalt und machten auf seine Empfehlung keine Angaben zur Sache. Die Beweislast liegt bei der Staatsanwaltschaft.

In einer Analyse der von Isabell mitgeführten Trinkflasche, in der sich Orangensaft befinden sollte, wurde ein Orangenartiger Fruchtsaft mit einer tödlichen Menge Arsen gefunden.

Es dauerte vier Tage, bis sich Thomas von der Schocksituation, bei der Begegnung mit Isabell, etwas befreit hatte. Mit den Kommissaren hatte er sich verständigt in zwei Tagen nach Konstanz zu kommen und bei einer Gegenüberstellung die Identität von Isabell und Rolf zu bestätigen.

Die Fahrt nach Konstanz machte Thomas mit dem Regionalzug RE5. Es war eine schöne Zugfahrt. Zuerst entlang der jungen Donau, vorbei an seiner alten Heimat Immendingen, vorbei an Singen am Hohentwiel und entlang des Bodensees, durch die schönen Dörfer Markelfingen und Allensbach.

Gegenüber vom See Café in Konstanz befinden sich die Räumlichkeiten der Kriminalpolizei. Ein schöner Spaziergang führt vom Bahnhof durch die Altstadt von Konstanz über den Rhein zu den Gebäuden am Benediktinerplatz.

Herr Bretschneider und sein Kollege empfingen Thomas. Hinter einer Scheibe, die von außen geschwärzt ist, wurden die Häftlinge vorgeführt. Thomas konnte mit einem klaren „Ja" die Identität von Isabell und Rolf bestätigen.

„Herr Lafzik, wir haben in den letzten drei Tagen verschiedene Versuche gestartet mit beiden Häftlingen Gespräche zu führen. Beide Seiten halten sich komplett bedeckt und machen von ihrem Recht

Gebrauch nicht auszusagen, falls sie sich selber belasten würden.

Das bedeutet für uns, dass wir eine lückenlose Indizienkette aufbauen müssen, um die Tatbeteiligung der Häftlinge nachzuweisen. Natürlich haben wir schon eine Menge Informationen gesammelt in Gesprächen mit ihnen. Wir werden nicht umhinkommen, einige Zeugen verschiedener Aufenthaltsorte zu vernehmen und gegebenenfalls zum Prozess einzuladen.

Wir möchten daher mit ihnen in den nächsten Tagen noch einmal Stück für Stück einzelne Episoden ihrer Reise durchgehen. Vielleicht schaffen wir es so den ein oder anderen Beweis zu finden, dem wir bis heute noch keine Beachtung geschenkt haben!"

„Das klingt anstrengend für mich. Es ist nicht einfach immer wieder mit Vorgängen konfrontiert zu werden, die mich fast mein Leben gekostet haben!" Thomas schaute mit starrem Blick an die Wand. Er musste sich beherrschen, nicht zu weinen.

„Uns ist die Schwere der Vorgehensweise und Indiziensammlung wohl bewusst. Aber wir haben keine andere Wahl."

Die beiden Kriminalbeamten schauten sich an und waren genauso betroffen, wie es Thomas war.

„Einen kleinen, vielleicht sogar einen großen Erfolg haben wir allerdings zu verzeichnen! Wir haben in ihrem alten Wohnmobil Spuren sichern können die zweifelsfrei beweisen, dass Pater Rolf im Wohnmobil war.

Über die Datenbank des BKA konnten wir auch weitere DNA-Spuren bestimmten Personen zuordnen. Speziell wurde hierbei ein Eineiiges Geschwisterpaar, beide Geburtsjahr 1966, identifiziert. Beide sind zurzeit flüchtig und werden per Haftbefehl Europaweit gesucht.

Wir konnten eine 20jährige junge Dame identifizieren, deren DNA-Spuren wir in der Nähe ihrer ehemaligen Wohnung in Sipplingen gefunden hatten.“

„Wahnsinn, sie sind doch einige Riesenschritte vorangekommen. Da hörten sich ihre Sätze von soeben deutlich negativer an!“

„Entschuldigen Sie, Herr Lafzik. Wir sind es leider gewohnt eine bestimmte Sprache zu sprechen, die in ihrer Formulierung oft emotionslos klingt. Seien sie sicher, dass wir trotz allem die notwendige Empathie ihnen gegenüber walten lassen!“

Thomas lachte laut: „Ich habe verstanden!“

Im Stillen dachte er sich, dass der letzte Satz vom Kriminalbeamten genau dies wiedergegeben hatte.

„Gut, dann fahren wir fort!

Also, wir schlagen ihnen folgende Vorgehensweise vor: Wenn wir das Zwillingspaar gefunden haben, werden wir sie informieren. Bis dahin möchten wir sie bitten unter psychologischer Aufsicht ein Protokoll anzufertigen. Das hilft uns dann unsere bisherigen Aufzeichnungen zu vervollständigen!"

Thomas überlegte. Sollte er sich der Aufgabe stellen?

„Seien sie mir bitte nicht böse. Das möchte ich heute noch nicht entscheiden."

Der Kriminalbeamte hob beide Hände und hielt sie vor sich hoch. „Fühlen sie sich nicht von uns bedrängt!"

„Nein, dass fühle ich mich nicht. Ich möchte nur zuerst mit meinen Therapeuten darüber sprechen!"

„Sie können in 10 Tagen wieder über ihr Wohnmobil verfügen. Der Käufer hat durch seinen Anwalt mitteilen lassen, dass er die Ansprüche zurückzieht."

„Vielen Dank! Hoffentlich klären sie alle anderen Dinge auch so leicht auf!"

Thomas verabschiedete sich und gönnte sich auf dem Rückweg zum Bahnhof noch einen schmackhaften

Eisbecher in der Dolomiti Eisdiele auf der Konstanzer Marktstätte.

Nach 14 Tagen erfuhr Thomas von der Staatsanwaltschaft Konstanz, dass Anklage gegen Rolf, Isabell, Saskia, Helena und ihre Zwillingsschwester Kerstin erlassen worden ist.

Die beiden Zwillingsschwestern haben Fahndungsbeamte aufgrund ihres Verhaltens- und Reisemusters in Serignan/Südfrankreich, festnehmen können.

Thomas hatte sich mit seinen Therapeuten über das von der Kriminalpolizei gewünschte Protokoll besprochen. Er hat den Kriminalbeamten mitgeteilt, dass er es in der gewünschten Form nicht anfertigen wird. Er werde seine Aussagen im Prozess machen und möchte sich bis dahin nicht mehr mit der Sache beschäftigen.

Nach seiner Entlassung aus der Reha hatte Thomas mit seinen Therapeuten verabredet, dass es das Beste für ihn sei, wenn er ab sofort sein Wohnmobil als sein Zuhause betrachte. Die täglichen Begegnungen mit Menschen sollten ihm viel dabei helfen, ohne seine Identität offenbaren zu müssen, durch die Lande zu reisen. Auch wenn es anfangs schwerfallen würde, sollte er sich seinen eigenen Weg suchen, ohne direkt verpflichtende Bekanntschaften zu pflegen.

Finanziell konnte er sich zwar keine großen Sprünge erlauben, aber das war auch nicht unbedingt notwendig.

Von der Staatsanwaltschaft bekam Thomas die Information, dass der Prozess gegen die Beschuldigten erst in zirka neun Monaten stattfinden wird.

Thomas war bis in den Süden Spaniens gereist. Anfangs hatte er sich noch oft verfolgt gefühlt. Doch mittlerweile konnte er die Tage in vollen Zügen genießen.

Er hatte einige männliche Alleinreisende kennengelernt, die befreit von allen Zwängen und Systemen durch die Lande reisten.

Er lernte großartige Charaktere kennen. Zu weiblichen Alleinreisenden hatte er weniger Kontakt, da ihm dieser Personenkreis zu oft über konfliktbeladene Themen diskutieren wollte.

Im Frühjahr nach ungefähr acht Monaten erhielt er von der Staatsanwaltschaft Konstanz die Information, dass der Prozess gegen Rolf, Isabell, Saskia, Helena und Kerstin in sechs Wochen beginnen würde.

Als Prozessdauer wurden zwanzig Verhandlungstage in den Raum gestellt.

Thomas hatte sich mit Werner, seinem ehemaligen Arbeitskollegen verständigt, dass er während des Prozesses bei ihm wohnen könnte.

Sein Wohnmobil ließ Thomas in Spanien. Es war gut bewacht von der Guardia Civil, die sich nach einem Gespräch mit dem Anwalt von Thomas bereit erklärte, das Wohnmobil in ihre Obhut zu nehmen.

Thomas überstand den vierwöchigen Prozess gut. Nach manchen Prozesstagen konnte er zwar nicht schlafen, doch die Anwesenheit einer seiner Kliniktherapeuten, erleichterten ihm den Umgang mit dem gesamten Prozessverlauf.

Am Ende des Prozesses wurden alle physischen Besitztümer von Thomas wieder an ihn zurückgeführt. Dies bedeutete, dass Thomas wieder über seine Wohnung in Sipplingen verfügen konnte.

Die restlichen Bargeldverluste werden ihm nach der öffentlichen Versteigerung von den Besitztümern der verurteilten Personen zugehen. Wann das der Fall sein wird, steht nicht fest.

Isabell, seine Exfrau wurde im Prozess zu 14 Jahren Haft mit anschließender Sicherheitsverwahrung verurteilt. Das Urteil wurde mit 4fachem Mordversuch in Tateinheit mit Raub gesprochen.

Rolf wurde zu 14 Jahren Haft verurteilt. Das Urteil war gleichlautend mit dem von Isabell.

Saskia wurde zu einer Jugendstrafe von 3 Jahren wegen Veruntreuung, Diebstahl und Falschaussage verurteilt. Die Strafe wurde nicht zur Bewährung ausgesetzt.

Helena und ihre Zwillingsschwester wurden zu 10 Jahren Haft wegen versuchten Mordes verurteilt. Sie können nach guter Führung das Gefängnis eventuell früher verlassen.

Alle fünf Angeklagten bekamen auferlegt nach ihrer Entlassung jeglichen Kontakt zu Thomas Lafzik zu unterlassen. Es wurde ein Kontakt- und Näherungsverbot festgeschrieben.

Thomas ist weiterhin mit „Bolle" unterwegs sein.

So wird er eines Tages vielleicht von den schlimmen Gedanken und Träumen befreit sein.

-ENDE-

Birmingham
NIEDERLANDE
Hannover
London
Antwerpen
DEUTSCHLAND
Köln
Lille
BELGIEN
Frankfurt am Main
Rouen
Paris
Straßburg
München
Rennes
Dijon
Zürich
ÖS
Nantes
SCHWEIZ
FRANKREICH
Genf
Lyon
Mailand
Venedig
Biskaya
Bordeaux
Grenoble
Turin
Genua
Bologna
Gijon
Toulouse
Nizza
Pisa
Bilbao
PYRENÄEN
Marseille
ITALIEN
Korsika
Rom
Saragossa
Barcelona
Porto
SPANIEN
Madrid
Sardinien
Rio Tajo
Valencia
Palma
Cagliari
PORTUGAL
Lissabon
Córdoba
Murcia
Bizerte
Sevilla
Malaga
Algiers
Tunis
Tangier
Oran
TELLATLAS
TUNESIEN
Oujda
ATLAS
Djelfa
Sfax
Casablanca
Gabes
Safi
MAROKKO